Die Mystery Detektive
Das dunkle Geheimnis von Caedmon Castle

Ina May

DAS DUNKLE GEHEIMNIS VON CAEDMON CASTLE

illustriert von
Sandy Jud

Brighton Verlag GmbH

1. Auflage Framersheim Mai 2018

© Brighton Verlag® GmbH,
Mainzer Str. 100, 55234 Framersheim
Geschäftsführende Gesellschafterin: Sonja Heckmann
Zuständiges Handelsregister: Amtsgericht Mainz
HRB-Nummer: 47526
Mitglied des Deutschen Börsenvereins: Verkehrsnummer 14567
Mitglied der GLS Gemeinschaftsbank eG Bochum.
Mitgliedsnummer: 58337
Genossenschaftsregister Nr. 224, Amtsgericht Bochum
www.brightonverlag.com
info@brightonverlag. com

Satz und Covergestaltung: Ernst Trümpelmann

ISBN 978-3-95876-501-6

Inhalt

Darren in Nöten

Endlich Ferien. Darren, Ben und Goldwin hatten sozusagen ihre Unterkunft eingetauscht. Wendlock Hall, ihr Internat, gegen Caedmon Castle, den Familiensitz der Nellsons. Ein Schloss gegen ein anderes.

Und Abenteuer ließen sich schließlich überall erleben. So rätselte beispielsweise der dreizehnjährige Darren, welcher Dickwanst sich in dem wuchtigen Bett gewälzt hatte.

Er stieß einen anerkennenden Pfiff aus. „Ich finde es riesig nett, dass uns Goldwins Eltern in dem Zimmer mit dem großen Himmelbett schlafen lassen. Wer da wohl vor uns drin gelegen hat?"

„Du meinst, wem das Bett ursprünglich gehörte. Hm, vermutlich irgendeinem König, wegen der Krone über dem Rückenteil." Ben Bergmann interessierte sich brennend für derlei Geschichten. „Goldwin weiß es bestimmt", meinte er.

Goldwin Nellson war sozusagen der Hausherr. Die Jungen befanden sich auf Caedmon Castle, einem schönen, alten Schloss in der Grafschaft Surrey. Weil Goldwins Eltern das Familienfest nicht ohne ihren Sohn begehen wollten und Goldwin wiederum an solchen Festen nur unter Protest teilnahm, hatten seine Mutter und sein Vater die zwei besten Freunde ihres Sohnes gleich mit eingeladen.

Sie besuchten zusammen ein Internat in Salisbury, aber derzeit waren Herbstferien. *Eine prima Gelegenheit, für eine Familienfeier*, wie Goldwin mit Leichenbittermine ein paar Wochen vor dem Termin der Abreise aus dem Internat verkündet hatte. Die Durchhalteparolen von Darren und Ben vermochten ihn nicht aufzuheitern; zumindest nicht, bis Goldwins Mum vorschlug, er solle seine Freunde doch mitbringen. Und weil die beiden den bedauernswerten Goldwin unmöglich mit all den Grafen, Baronen und sonstigen gewichtigen Persönlichkeiten allein lassen konnten ...

Überhaupt, was gab es Spannenderes, als die Ferien in einem Schloss zu verbringen?

„Leute, es gibt was zu futtern, jetzt kommt schon!", rief Goldwin von draußen und riss einen Moment später die Tür auf, die krachend gegen die Mauer schlug.

„Prima, mein Magen meldet sich schon", entgegnete Ben und als hätte dieser die Beschwerde gehört, knurrte er laut. Dabei war Ben für seine 1,70 m ziemlich schmal; niemand hätte vermutet, welche Mengen an Essen er für gewöhnlich in sich hineinstopfte.

„*Futtern* kann man das, glaube ich, nicht nennen", fand Darren und betonte das erste Wort. „Die Hälfte von dem, womit die in der Küche hantiert haben, kenne ich nicht mal."

„Dann probierst du eben alles", meinte Goldwin leichthin.

„Hey Leute, ich glaube, ich hab' Queen Mum gesehen!", sagte Ben jetzt und grinste.

„Quatsch!" Goldwin verdrehte die Augen. „Mal davon abgesehen, dass diese Dame längst unter der Erde ist ... das ist die Großtante meines Dads, Lady Jane Stancliff. Oh je, würde sagen, sie hat bereits mehr als nur einen Blick auf die Porzellandosensammlung geworfen. Sie ist eine Kleptomanin. Krank sozusagen."

„Echt, du meinst, sie klaut?" Darren sah ihn ungläubig an.

„Man muss höllisch aufpassen. Bei der letzten Feier waren plötzlich sämtliche Uhren weg und niemand traute sich was zu sagen. Mein Dad hat die Beute möglichst unauffällig wieder zurückgegeben. Mann, war das peinlich!" Goldwin verzog das Gesicht, Darren grinste und Ben schob den Ärmel des Pullis über seine Armbanduhr.

Im Rittersaal war eine lange Tafel für die Gäste gedeckt worden. Blumenschmuck und Kerzen bildeten die Mitte. Ben hatte Mühe, überhaupt bis zum anderen Ende des Tisches zu sehen. Selbst mit Brille konnte er die Gesichter nicht klar erkennen. Dann richtete sich seine Aufmerksamkeit auf die Rüstungen, Wandbehänge und schweren Möbel. Wendlock Hall, das Internat, war längst nicht so großartig. An manchen Stellen bröckelte sogar der Putz von den Wänden.

„Da ist sie – unsere Queen Mum", flüsterte Ben und stupste die Freunde an. Lady Jane Stancliff hatte die Blicke der Jungen offenbar bemerkt, denn sie schickte ein wissendes Zwinkern in ihre Richtung.

„Cool", meinte Darren.

„Ja, irgendwie schon", gab Goldwin zurück.

„Du musst uns unbedingt mehr über das Schloss und deine Familie erzählen, am Ende gibt es sogar einen Geist", scherzte Ben.

Goldwin winkte ab: „Ach, sind doch alles bloß alte Geschichten."

Darren und Ben sahen sich an. Manchmal war Goldwin ein fürchterlicher Geheimniskrämer. Bei ihm hieß es ständig nur, es seien *alte Geschichten*, dabei erzählte er selten eine. Sie bekamen meist bloß irgendwelche komischen Andeutungen serviert. So auch, als sie sich gerade kennenlernten und Darren ihn nach dem weißen Dreieck über seiner Stirn fragte. Bei Goldwins dunklem Haar fiel es natürlich auf und wirklich jeder in der Schule wollte wissen, was es damit auf sich hatte. Ein Dreizehnjähriger mit einem farblosen Schüppel. Goldwin Nellson murmelte etwas von *Pigmentstörung* und damit war der Fall für ihn erledigt.

Das hier klang doch wieder verdächtig nach einem solchen Fall – Ausflucht. Er verschwieg ihnen etwas.

„Wem hat eigentlich das geschnitzte Himmelbett gehört?", fragte Ben, der sich mit Goldwins einsilbiger Antwort nicht so leicht zufrieden gab.

„König Charles I.", gab Goldwin bereitwillig Auskunft. „Es heißt, er wohnte sogar einige Zeit hier im Schloss. Offenbar war mein Ur-ur-ur-ur-ur ..."

Darren unterbrach ihn: „Schon gut, wir haben's kapiert. Das ist schon so lange her, da bedarf es einer ganzen Latte Ur's."

„Na, und wenn schon. Jedenfalls war einer von den Ur's König Charles' Freund und Vertrauter."

„Charles I. Den ... den hat man geköpft, oder?" Darren verzog das Gesicht.

„Ben wollte es wissen!", meinte Goldwin schulterzuckend.

„Ja! Aber da hättest du ausnahmsweise gerne mal was erfinden können. Ich muss schließlich darin schlafen." So genau hätte Darren es wirklich nicht zu wissen brauchen.

„Na, als Charles I. drin geschlafen hat, hatte er seinen Kopf ja noch", lachte Ben.

Der erste Gang wurde aufgetragen und sämtliche Gespräche verstummten. Ben nahm sich vor, mehr über die Geschichte des Schlosses zu erfahren. Es gäbe bestimmt jemanden, der etwas erzählen konnte und wollte. Zudem war das guter Stoff für einen Artikel. „Ben, the Pen", wie er genannt wurde, war Chefredakteur der Schülerzeitung und immer auf der Suche nach Dingen, über die es zu berichten lohnte.

Goldwins Mum hatte sie bei Tisch kurzerhand nebeneinandergesetzt. Darren saß links, gleich neben der Queen Mum, Goldwin bildete die Mitte und Ben sicherte die rechte Flanke. Sein Nachbar, langhalsig und mit einem fantasievoll gebundenen Schlips, wippte permanent nervös mit den Füßen und hatte ihn jetzt schon zum fünften Mal getreten.

„Was ist denn?", wollte Goldwin wissen, weil Ben dauernd so komische Laute von sich gab.

„*Das* solltest du mal meinen Nachbarn fragen", schimpfte Ben und rutschte näher an Goldwin heran.

Das Abendessen schien ewig zu dauern. Nach jedem Gang gab es eine Pause, um Geschmacksnerven und Magen auf den nächsten einzustimmen. Als dann die Nachspeise kam, meinte Ben, jeden Moment zu platzen. Er schaute unauffällig zu seinen Freunden. Darren begutachtete seinen Teller, als wüsste er nicht recht, ob die Schokoladenmousse und die Früchte nun zum Essen oder bloß als Dekoration gedacht waren.

Goldwin, der ewig Süße, vernichtete die Mousse und überließ die Früchte ihrem Schicksal.

Als die Tafel aufgehoben wurde, damit die Gäste es sich gemütlich machen konnten, waren die drei Freunde froh, aufstehen zu dürfen und sich endlich wieder bewegen zu können.

„Geht es vielleicht auch mit etwas weniger Leuten drum herum?", fragte Darren. Er sah aus, als würde er sich unwohl fühlen.

„Kommt, wir gehen in den grünen Salon, dahin kommt nur selten jemand." Goldwin führte sie vom Rittersaal aus eine enge Wendeltreppe hinauf, an einem Turmzimmer vorbei und einen Gang entlang, bis Ben und Darren nicht mehr wussten, in welcher Ebene und auf welcher Seite des Schlosses sie sich denn nun befanden.

„Da sind wir", verkündete Goldwin. Der grüne Salon machte seinem Namen alle Ehre – er war einfach wahninnig grün. Von den Vorhängen über den Boden bis zu den Teppichen und sogar die Stuckdecke: *Alles* war grün.

Jede Menge Sessel befanden sich in dem Raum. Es wirkte, als hätten Kinder sie herumgerückt. Sie standen ohne sinnvolle Anordnung, aber dafür lud jeder von ihnen denjenigen, der das Zimmer betrat, zum Verweilen ein.

„Puh, ich glaub', ich habe überall blaue Flecken. Mein Tischnachbar, war das einer von deinen Verwandten?" Ben setzte sich auf eines der zahlreichen ausgefallenen Sitzmöbel und krempelte seine Jeans ein Stückchen hoch. „Da!", rief er und deutete auf eine Rötung am Schienbein.

Goldwin besah sich den Fleck. Ben hatte recht, wahrscheinlich würde er über kurz oder lang blau werden.

„Zugegeben, unsere Verwandtschaft kann mit einigen seltenen Exemplaren aufwarten. Das ist Lionel Fulton Ferry. Keine Ahnung, was er genau *ist*, ich weiß bloß, was er sein *will*. Er behauptet nämlich, er hat irgendwann mal mit Fred Astaire getanzt."

Darren und Ben wussten damit nicht allzu viel anzufangen. Ben fand den Mann einfach bloß ziemlich alt. Und wer war dieser Fred Astaire? Das musste bestimmt lange vor seiner Zeit gewesen sein. „Keine Ahnung", gab Ben zu. Und Darren fragte:

11

„Getahaaanzt?", wobei er das Wort ungläubig in die Länge zog. „Fred Astaire ist ein Mann, oder? Und Bens Tischnachbar ist auch ein Mann. Wie soll denn das gehen?"

Goldwin schüttelte den Kopf, als müsste man natürlich wissen, wer Fred Astaire war. „Ist nicht so, wie du denkst. Fred Astaire war eine amerikanische Legende – im Stepptanz."

„Ha, so ein bisschen gesteppt fühlte es sich tatsächlich an", befand Ben.

„Darren!" Goldwin war zuvor schon aufgefallen, dass sein Freund ziemlich blass war, doch er hatte sich nicht viel dabei gedacht, weil Darren wie üblich Spaß machte, aber jetzt ...

Ben bemerkte es auch. Darren hatte bei der Nachspeise schon komisch ausgesehen. „Mensch, sein Blutzucker!" Er sprang auf. „Er hat zu viel durcheinander gefuttert", sagte er besorgt.

„Darren, wo hast du die Notfallausrüstung? Noch im Koffer? Sag mir bloß, wo, ich hole es."

Darren nickte. „Im Seitenfach. Tut mir echt leid", schnaufte er.

„Mach kein Thema draus, du würdest für mich auch laufen", meinte Ben.

„Ich erledige das, du verläufst dich sonst noch und dann haben wir ein echtes Problem", gab Goldwin zurück und stürmte auch schon aus dem Zimmer und den Gang entlang.

Darren litt an Diabetes Mellitus Typ 1, einer Störung des Stoffwechsels, bei der die insulinproduzierenden Zellen durch körpereigene Abwehrstoffe zerstört werden.

Insulin ist ein Hormon, das in der Bauchspeicheldrüse gebildet wird und den Blutzucker auf normale Weise senkt, doch Darrens Körper war nicht in der Lage, genügend Insulin zu produzieren.

Diesen Mangel musste er permanent ausgleichen. Heute war er selbst schuld an der Misere, er hatte nicht genug aufgepasst.

„Du tust auch wirklich alles, um im Mittelpunkt zu stehen, oder?", versuchte Ben zu scherzen, dabei war ihm gar nicht danach.

„Klar", bestätigte Darren, aber sein Lächeln verunglückte.

Goldwin kam mit einer Hartplastikbox zurück, in der sich Darrens Messgerät, die Teststreifen und Lanzetten sowie der Insulin-Pen samt Kartuschen befanden.

Ben hasste dieses *Gib-mir-dein-Blut*-Gerät, aber Darren meisterte die Prozedur todesmutig. Der Pen sah eigentlich aus wie ein breiter Kugelschreiber. Eigentlich nichts, das einem Angst machen müsste.

„Kann einer von euch …" Darren streckte den Zeigefinger aus, seine Hand zitterte.

„Du erledigst den Pieks und ich halte seine Hand", meinte Ben, bevor Goldwin etwas anderes vorschlagen konnte.

„Ich muss hinsehen, ja?" Goldwin hasste den Stich in die Fingerbeere, wie es hieß, schon beim Arztbesuch, und jetzt sollte er selbst … Igitt! „Die nennen es doch nur Beere, damit es besser klingt", sagte er.

„Jetzt mach schon!", drängte Ben, nahm einen Teststreifen aus dem Röhrchen und legte ihn in das Messgerät.

„Du hast gut reden." Goldwin griff sich die Lanzette, visierte damit die Seite der so genannten Beere an, kniff die Augen zusammen und stach zu. Anschließend hielt er die Fingerkuppe auf den Teststreifen, der das Blut automatisch einsog und kurz darauf schon den Wert auf dem Display vermeldete – der Blutzucker war auf 240 Milligramm pro Deziliter angestiegen. „Ist schon hoch, oder?", fragte Goldwin und biss sich auf die Unterlippe.

„Darren, was sollen wir machen?" Ben packte die Sachen wieder weg und nahm den Insulin-Pen heraus, weil er dachte, der würde als Nächstes zum Einsatz kommen. Den benutzten Teststreifen schob er in die hintere Tasche seiner Jeans, einen Abfalleimer suchte man im grünen Salon vergeblich.

„Vielleicht esse ich erst mal was", meinte Darren kläglich.

„Was essen? Aber du hast doch schon so viel …" Goldwin beugte sich zu Darren. Er würde jemanden holen müssen, bevor es dem Freund noch schlechter ging.

„Zwei Scheiben Brot wären super", erwiderte Darren.

„Oh Mann, er will Brot!" Ben warf die Hände in die Luft. „Was ist mit deinem Pen? Müsstest du nicht ..." Ben war der Auffassung, in einer Situation wie dieser wäre es besser, sich Insulin zu spritzen, aber was wusste er schon davon, wie Darren sich fühlte.

Darren wiegelte ab: „Ein bisschen Brot genügt, vertrau mir."

„Goldwin, kannst du welches besorgen?" Ben nahm Darrens Hand, die noch immer zitterte.

„Lass meine Hand los, ich bin doch kein Mädchen", beschwerte sich Darren.

„Und ich hatte schon Angst, du halluzinierst", sagte Ben.

„Brot soll der Bauchspeicheldrüse vermehrt Insulin entlocken. Man könnte sagen, es ist ein Bluff", erklärte Darren.

„Gut, okay, bin gleich zurück. Was für Brot? Roggen, Weizen ... mehr fällt mir grade nicht ein. Ein bestimmtes?" Goldwin stand in den Starlöchern. Er war beinahe schon so blass wie Darren.

„Vollkorn wäre gut."

Goldwin brachte gleich vier Scheiben mit, die er auf einen Teller gelegt und in einer Stoffserviette eingeschlagen hatte.

Darren zupfte die Scheiben in kleine Ecken und kaute. Es schien eine Ewigkeit zu dauern, bis sein Gesicht wieder ein bisschen Farbe bekam und das Zittern aufhörte.

Unter Geistern

Die Freunde warteten geduldig, bis Darren sich von seinem Bei-
nahezusammenbruch erholte und der Bluff mit dem Brot allmählich Wirkung zeigte.

Schließlich war er wieder ganz der Alte.

„Das mit dem Pieks musst du aber noch üben", behauptete er
und knuffte Goldwin scherzhaft in die Seite.

„Kann es sein, dass du undankbar bist?", hakte Goldwin nach.

„Wir könnten überall erzählen, wie unglaublich eklig käsig du
ausgesehen hast", drohte ihm Ben.

„Ihr wart echt klasse", gab Darren zu.

Die drei beschlossen, sich ein bisschen unter die Gäste zu mi-
schen. Ben wollte unbedingt einen Artikel über Schloss Caedmon
schreiben und dafür benötigte er eine wirklich tolle Geschichte.

Charles I. wäre schon mal ein guter Anfang. Wer konnte schon
behaupten, das Himmelbett eines waschechten Königs sein Eigen
zu nennen. Ein Geist wäre da natürlich das absolute Highlight,
aber wenn gerade keiner zur Hand war ...

„Er interessiert dich doch bloß, weil er seinen Kopf verloren
hat." Darren schüttelte sich. „Unser Ben ist wie meine Mum, immer mit der Nase an einer guten Story." Darrens Mutter, Nan-
cy, arbeitete für die Tageszeitung „The Independent" und war
momentan laut eigener Aussage einem Umweltskandal auf der
Spur.

Goldwins „Wenn er meint" klang etwas einsilbig.

„*Er* würde schon meinen, aber du erzählst ja nicht viel. Warum denn, ist immerhin deine Familie. Also, ich fände es irre
spannend, wenn in meinem Haus ein König übernachtet hätte."

„Was willst du denn wissen? So viel gibt es da ehrlich gar
nicht zu erzählen." Goldwin sah irgendwie drein, als würde er
ein dunkles Geheimnis hüten, dessen Enthüllung jeden Moment
drohte.

Ben schaute Darren an, der kurz die Mundwinkel nach unten zog, um ein „ich habe keinen Schimmer" anzudeuten.

Schon komisch, dabei war Goldwin sonst nicht für seine Zurückhaltung bekannt, im Gegenteil. Und hätten die Freunde eine seiner nervigsten Eigenschaften benennen sollen, Darren und Ben wäre sofort „Neugier" eingefallen. Goldwin wollte schlicht *alles* wissen.

„Komm schon, sonst fragst du einem Löcher in den Bauch, dass man am Ende aussieht wie dieser ausländische Käse. Und kaum wollen wir mal was erfahren, da schweigst du dich aus." Ben verstand die Heimlichtuerei seines Freundes nicht. Da musste man ja auf komische Gedanken kommen.

„Schweizer Käse", sagte Goldwin.

„Was?", fragte Ben.

„Der ausländische Käse – er nennt sich *Schweizer Käse.*"

Darren prustete los. Ben verschränkte die Arme vor der Brust, konnte sich aber ein Schmunzeln nicht verkneifen.

Die Freunde machten es sich auf einem Stapel Kissen vor dem offenen Kamin in der Bibliothek bequem, in dem jemand ein Feuer entzündet hatte. „Wenn man zu nah dran ist, läuft man bei den alten Kaminen Gefahr geröstet zu werden, ist man zu weit weg, könnte man gut und gerne erfrieren", erklärte ihnen Goldwin.

„Hm, also, da röste ich lieber ein bisschen", meinte Ben.

Darren starrte derweil gebannt auf eine Szene, die sich im Hintergrund abzuspielen schien. Im ersten Augenblick hatten Goldwin und Ben Sorge, er würde schon wieder abkippen.

„Hey ... oh, oh, oh ... Queen Mum", sagte Darren und zeigte in die entsprechende Richtung. Goldwins Kopf fuhr herum und auch Ben brachte sich wieder in eine aufrechte Position.

„Mist!", rief Goldwin. Er hatte gerade noch sehen können, wie etwas weißes, das verdächtig nach einem Porzellandeckel aussah, den Weg in den Nerzmuff der Lady fand. Wozu brauchte sie den Muff, wenn sie nicht vorhatte, sich Sachen unter den Nagel zu reißen. So kalt war es nun wirklich nicht. „Mist!", wiederholte Goldwin.

Lady Jane Stancliff lief mit einem fröhlichen Winken an ihnen vorbei, offenbar darauf bedacht, schnellstmöglich ihre Räumlichkeiten aufzusuchen.

„Sie scheppert", stellte Darren fest.

„Mhm", brummte Goldwin.

„Bei dem Trubel bekommt das niemand mit." Ben war aufgestanden, unschlüssig schaute er der alten Dame hinterher.

„Sie hat es schon wieder getan", sagte Goldwin und klang, als ginge die Welt unter.

„Sagst du's deinem Dad? Mir tut sie leid. Wenn sie krank ist, kann sie schließlich nichts dafür. Ich finde sie nett. Nicht so spießig, wie ... Jedenfalls so ganz anders als meine Oma." Darren räusperte sich umständlich.

Goldwin überlegte kurz. Welche Wahl hatte er? Entweder er sagte nichts und die Dosen-Sammlung war futsch oder er meldete den Diebstahl und brachte damit alle in Verlegenheit. Dasselbe erklärte er jetzt Ben und Darren.

„Und wenn es kein Diebstahl ist?", fragte Ben.

„Natürlich ist es einer, wir haben es doch alle gesehen. Sie ist wahrscheinlich grade damit beschäftigt, ein gutes Versteck für die Dosen zu suchen." Goldwin hörte sich fürchterlich unglücklich an. Hätte er doch bloß nicht hingeschaut.

„Ich hätte da eine Idee", sagte Ben jetzt. „Okay, sie ist vielleicht etwas abenteuerlich, aber ... Das hier ist schließlich ein Schloss oder nicht?" Daraufhin teilte er seine kreativen Gedanken mit Goldwin und Darren.

Goldwin holte tief Luft und blies die Backen auf: „Puh, abenteuerlich ist gar kein Ausdruck!"

„Du musst zugeben, dass die Idee nicht übel ist. Und: Geköpft werden können wir dafür schließlich nicht." Ben war stolz auf seinen Einfall.

„Geköpft werden nicht, aber einen Kopf kürzer gemacht werden allemal", gab Goldwin zu bedenken. „Was ist, wenn sie das ganze Haus zusammenschreit?"

„Wir dürfen uns eben nicht erwischen lassen. Wir sind unsichtbar, schon vergessen?", entgegnete Ben.

„Unsichtbar, hoffentlich." So ganz überzeugt war Goldwin nicht. Zudem schien ihm eine bestimmte Sache Sorgen zu machen. Dann, nach einigen Sekunden, nickte er. „Also schön, wir tun es. Wir können bloß hoffen, dass Lady Jane kein schwaches Herz hat."

„Ich esse besser noch eine Scheibe Brot", sagte Darren. „Wegen der Aufregung!"

„Noch ist doch gar nichts passiert", meinte Ben.

„Ja, aber wenn!" Darren griff sich theatralisch an die Brust, wie er das bei seiner Oma gesehen hatte, wenn sie sich wieder mal über irgendetwas aufregte.

Gegen Abend wurde es ruhiger im Schloss. Einige der Gäste zogen sich auf ihre Zimmer zurück, während andere sich dankend verabschiedeten. Wer keine weite Anreise unternommen hatte, fuhr noch am selben Tag zurück.

Ein aufgedunsener Vollmond prangte am Himmel, der Ostwind heulte sirenengleich und versprach eine stürmische Nacht. Die Zweige der alten Rotbuche kratzten an den Fenstern des Gästezimmers, als wollte sie seine Bewohner um Einlass bitten.

„Schön schaurig. Ich musste eben an Vampire denken", sagte Darren und schnappte sich das Betttuch, das Goldwin zuvor aus einem der Schränke genommen hatte.

„Hey, du zerknautscht es noch", beklagte sich Ben und nahm ihm das weiße Laken wieder ab.

Sie saßen zusammen auf der Tagesdecke des Großen Himmelbettes von Charles I. und warteten ihre Stunde ab.

Goldwin horchte konzentriert auf sämtliche Geräusche, was Ben einigermaßen seltsam fand. Sie wussten immerhin, wo Lady Jane untergebracht war, und Goldwin hatte ihnen auch erklärt, dass die alte Dame nie sonderlich spät zu Bett ging. Also, wohl ziemlich bald. Es war schon nach zehn.

„Was willst du ihr denn sagen, Ben? Ich meine, was wird *das Gespenst* ihr sagen?", wollte Darren wissen.

Ben hatte vorgeschlagen, der diebischen Queen Mum mit einem Bettlaken über dem Kopf und verstellter Stimme ins Gewissen zu reden, sie müsse die Porzellandosen zurückgeben. Und weil klar war, dass Ben die Rolle des Gespenstes übernahm – er war groß –, mussten sie nur noch am Wortlaut feilen, denn Gespenster durften schließlich nicht wie Teenager klingen.

„Ja, ich dachte, ich heule zuerst ein bisschen. ‚Huuu-Huuu-Huuu!' Dann drohe ich ihr mit ewiger Höllenverdammnis und schließlich verspreche ich ihr, dass *die* ausfällt, wenn sie alles wieder dorthin stellt, wo sie es weggenommen hat. Noch ist niemandem was aufgefallen oder?"

„Das ist unser und ihr Glück. Ich hab mich bemüht, den Abstand der restlichen Dosen zu erweitern." Goldwin hatte am Nachmittag die Sammlung unbemerkt neu geordnet.

Auf dem Gang schlug die Standuhr dröhnend zur vollen Stunde – elf Mal. „Schon sehr laut, oder?", bemerkte Darren. „Zum Träumen kommt man da nicht, die katapultiert einen ja jede Stunde in die Wirklichkeit zurück."

Sie warteten, bis Ben verkündete, auf seiner Uhr wäre es zehn vor zwölf und sie sollten nun zur Geisterstunde aufbrechen.

„Na, dann schwingt mal die Hufe ... das ist *unsere* Wirklichkeit", sagte er und stemmte sich aus dem Bett.

Die drei schlichen den Gang entlang, über die Galerie und in den Ostflügel. Dort war es am ruhigsten im ganzen Schloss und im Osten ging die Sonne auf. Lady Jane bestand auf dieses Zimmer, weil sie sich gerne von der Sonne wecken ließ, erklärte ihnen Goldwin.

„Wie romantisch", fand Darren und grinste verhalten.

„Von wegen", gab Goldwin zurück. „Sie spart Strom. Ist zwar unsere Stromrechnung, aber sie mag kein künstliches Licht, sagt sie."

„Würde ich auch nicht mögen, wenn ich so viele Falten im Gesicht hätte", kicherte Ben. „Tschuldigung."

Goldwin stoppte und deutete auf eine mit blauem Samt bezogene Tür. Es gab gleich zwei davon. „Wir sind da."

„Toll, aber welche ist es?", fragte Ben.

„Beide", flüsterte Goldwin. „Wir nehmen die linke, du verkleidest dich und dann schwebst du durch die Verbindungstür in Lady Janes Zimmer hinüber. Das ist von außen die rechte. Aber pass auf den kleinen Absatz auf, sonst landest du in ihrem Bett und dann ist es mit der Ruhe vorbei, da kannst du Gift drauf nehmen."

„Ich bin ja nicht blind", verteidigte sich Ben.

„Eben doch, Gespenster tragen nämlich keine Brille – du musst sie abnehmen", verlangte Goldwin.

An die Brille hatten sie nicht gedacht.

„Also, dann landet unser Ben aber ganz sicher in ihrem Bett. Er ist doch blind wie ein Maulwurf. Ben, du könntest das Laken ein Stückchen von deinem Gesicht weghalten, dann fällt das Brillengestell gar nicht auf", schlug Darren vor.

„Käse ist das. Es ist unter dem Laken doch ohnehin stockfinster, es wird schon gehen."

„Schweizer Käse", sagten Goldwin und Darren wie aus einem Mund.

Goldwin drückte langsam die Klinke herunter. Die Samttüre schwang ohne ein Geräusch auf. Der Vollmond schickte einen Hauch Licht in den Raum, so dass dutzende von Blautönen sichtbar wurden. „Wow", raunte Darren.

Goldwin lauschte an der Verbindungstür zum angrenzenden Schlafzimmer. „Scheint alles ruhig zu sein. Oh, nicht ganz – sie schnarcht."

„Und du bist sicher, dass Lady Jane dort in dem Bett liegt? Für mich klingt das eher nach *Shrek*." Ben nahm seine Brille ab, zog die Turnschuhe aus und begab sich in Socken und einigermaßen blind unter das mitgebrachte Laken. Es war groß genug, um seine Beine vollständig zu verdecken, doch wenn er sich darin verheddern sollte …

„Bist du auch textsicher?" Darren hielt den Freund an der Hüfte gepackt, damit dieser den Weg durch die Tür fand.

„Es kann losgehen", verkündete Ben, und Goldwin öffnete die Verbindungstür, um sie gleich darauf wieder hinter dem Gespenst zu schließen. Darren und Goldwin lehnten sich dagegen, um auch nichts zu verpassen. „Wenn er fertig ist, reiße ich die Tür auf und du ziehst ihn rein. Es muss schnell gehen, irgendwie gespenstisch schnell!", erklärte Goldwin, als würde er sich mit Spuksachen bestens auskennen.

Ben brauchte sich unter seinem Laken bloß an den Geräuschen zu orientieren. *Shrek* war wirklich kein so übler Vergleich, denn die Lady röchelte beängstigend.

Er raffte sein Laken, und legte los: „Huuuuuuuuuooooooooh ..." Es klang dumpf und irgendwie gruselig. Im Bett rührte sich jetzt etwas. Was war das Nächste? Ah, die Höllenqualen. „Dieben gebührt das ewige Feeegefeuerrr, huuuooooh!"

Darren und Goldwin hielten hinter der Tür den Atem an. Darren reckte den Daumen in die Höhe. Jemand schrie. Es klang verhalten, als wäre der Schrei gerade noch rechtzeitig mit einer Decke erstickt worden.

„Bereue und du wirst dem Feuer entkommen. Gib zurück, was du nahmst, und dir wird vergeben." Ben setzte zum Abschluss noch ein wüstes „Huuuooooh" hinterher. Und dann noch eines, das einem eine Gänsehaut über den Rücken jagte. Überhaupt klang er plötzlich so seltsam.

Goldwin riss erschrocken die Augen auf, im Mondlicht war sein Entsetzen deutlich zu sehen. Darren hob die Hände in die Höhe. „Was jetzt?", wollte er wissen.

Sie hörten es beide. Es klang, als würden Möbel beiseitegeschoben, als wollte jemand das Zimmer von Lady Jane auf den Kopf stellen.

Die alte Dame schrie, dass die Fensterscheiben in ihrem Rahmen klirrten. Jemand rüttelte wie ein Wilder am Griff der Verbindungstür.

„Wir müssen ihn zurückholen", sagte Darren und vergaß vor Schreck zu flüstern. Bei dem Lärm war das allerdings auch gar nicht mehr nötig.

„D-da-das ist nicht Ben!" Goldwin schluckte. „Oh, wir haben ihn sauer gemacht, wir haben ihn echt riesig sauer gemacht!" Er nahm all seinen Mut zusammen und machte die Verbindungstür auf.

Eine weiße Gestalt wankte ihnen entgegen, blieb am Türabsatz hängen und fiel auf Darren und Goldwin. In ihrem Zimmer übertönte Lady Jane den heulenden Wind und im nächsten kreischten auch schon Darren und Goldwin, der es allerdings irgendwie schaffte, der Tür einen Schubs zu geben, dass diese zufiel.

„Ich bin's. Hilf mir doch mal jemand aus dem verdammten Ding. Und hört auf mit dem Geschrei, da reißt einem ja das Trommelfell!" Ben rappelte sich auf und Goldwin zog das Laken von ihm herunter. Darren keuchte: „Also, einen Moment lang dachte ich wirklich ..." Erleichtert lachte er auf. „Musstest du so übertreiben? Was hast du gemacht? Hörte sich ja an, als wären Bauarbeiter da drin eingesperrt."

„Falsch gedacht, Freunde!", sagte Ben. „Es war grauenhaft und *ich* war das ganz bestimmt nicht!"

Goldwin machte die Tür wieder einen Spalt auf und lugte in die relative Helligkeit. Lady Jane war verstummt. Die alte Dame saß aufrecht in ihrem Bett und hatte die Hände gefaltet, als würde sie beten.

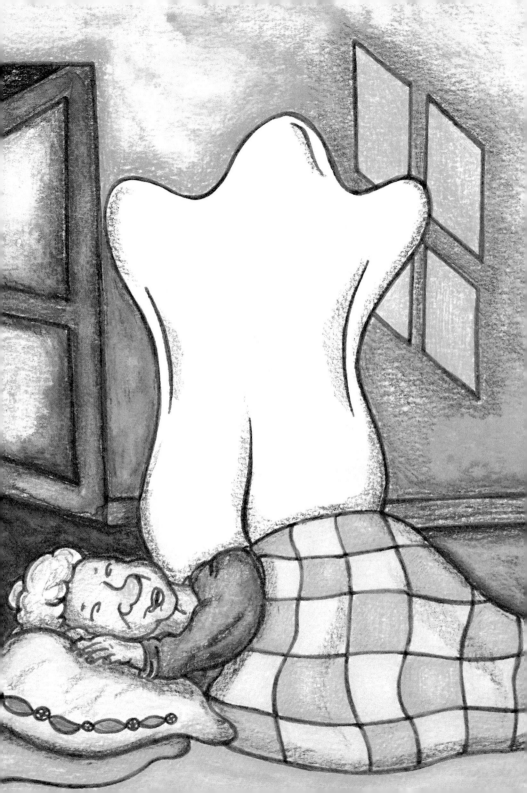

Die Gräber im Park

Der nächste Morgen begann mit einer Überraschung.

Die drei Freunde saßen beim Frühstück und lachten über Bens gelungene Gespensereinlage, wobei ihnen ihre eigene Angst im Sonnenlicht des neuen Tages schon wieder kindisch vorkam. Zu ihrem Glück schien in der Nacht niemand Lady Janes Schreie gehört zu haben, jedenfalls war kein Mensch aufgetaucht. Aber da war weiter dieser Krach aus ihrem Zimmer gekommen und so war der gemeinsame Rückzug etwas überstürzt ausgefallen.

„Also, ich fand es gruselig. Ich wusste ja, dass du es warst, aber ich hatte eine Gänsehaut, ehrlich." Darren grinste.

„Ich war es und ich war es nicht", gab Ben zurück. „Es ging nämlich noch weiter, da war ich schon fertig."

„Goldwin, sag was", forderte Darren den Freund auf. „Du hast doch gestern auch dafür gestimmt, es wäre nicht Ben, der den Krach da drinnen veranstaltet. Du hattest regelrecht Panik. Was ist los? Alte Damen erschrecken, wer macht so was?"

Ben prustete los. „Falls du es vergessen hast: *Wir* haben die alte Dame zuerst erschreckt."

„Ich meine außer uns. Wir hatten ja auch einen Grund, die Porzellandosen. Aber wer könnte sich sonst noch für Queen Mum interessieren?" Darren sah immer noch Goldwin an. Der wollte gerade zu einer Antwort ansetzen, da schimpfte jemand: „Wer hat denn in der Porzellandosensammlung derart herumgewurschelt?" Goldwins Mutter stand mit verschränkten Armen und glühenden Augen im Frühstücksraum, bereit zum Angriff.

„Gewurschtelt? Wie ... was ... sollen wir denn gemacht haben?", erkundigte sich Darren leise.

Goldwin klärte die Freunde auf.

„Na, es heißt so was wie *durcheinandergebracht*. Meine Mum stammt aus Deutschland, hab' ich euch doch schon erzählt. Ben, du müsstest es aber draufhaben, oder?"

Natürlich hatte Ben Bergmann es drauf, der Vierzehnjährige war einer der wenigen deutschen Jungen in Wendlock Hall. Bloß hatte er den Ausdruck lange nicht gehört.

„Also, was habt ihr zu sagen?", fragte Vanessa Nellson, als stünde ihnen nach dem gestrigen, ziemlich windigen Abend nun ein Sturm bevor.

„Das war ich. Ich dachte ... Also, ich wollte die Dosen ein bisschen ... ordnen", stotterte Goldwin, wobei sein Vorhaben am Ende eher wie eine Frage klang.

Vanessa Nellson schüttelte den Kopf. „Also gut. Sie zu ordnen wäre zwar nicht nötig gewesen, aber wenigstens ist dabei nichts zu Bruch gegangen."

Die Freunde sahen sich an. „Es ist alles wieder ... es ist alles da?", fragte Goldwin. Er hatte beide Daumen in die Handflächen gepresst. Ein lautloses „Bitte, bitte, bitte" war von seinen Lippen abzulesen.

„Die Sammlung ist vollständig, nur die Ordnung fehlt. Ich wusste gar nicht, dass du dich so für diesen Schnickschnack interessierst", sagte Goldwins Mutter.

„Och ...", machte Goldwin.

Als Vanessa Nellson die Tür zum Frühstückszimmer geschlossen hatte, atmeten die drei erleichtert auf.

Goldwins Miene entspannte sich sichtlich. „Puh, ich dachte, gleich geht das Donnerwetter los", meinte er.

Ben freute sich: „Wahnsinn, ich sollte das zu meinem Job machen – Gespenst. Die Erfolgsquote spricht für sich. *Möchten Sie jemanden erschrecken, melden Sie sich bei Ben Bergmann.*"

„Wir hatten Glück, das ist alles", behauptete Darren. „Es gibt Leute, die trifft bei so was der Schlag", sagte er. „*Oh, hätten Sie womöglich noch einen Termin frei? Wissen Sie, ich dachte da an meine Großmutter ...*"

„Nein, so was. Die heutige Jugend", wetterte Goldwin mit verstellter Stimme und erhobenem Zeigefinger, woraufhin alle lachten.

Ben bog am Gestell seiner Brille herum und ärgerte sich, weil sie ständig rutschte. Darren schaute auf das ulkige Ding, das er bislang an seinem Freund noch nie gesehen hatte. Die Gläser waren eingefasst von den breitesten und hässlichsten Plastikrändern, die man sich nur vorstellen konnte. „Ben, wo ist deine Brille?", fragte er.

„Wo auch das Bettlaken ist, wo auch meine Turnschuhe sind – hinter der Verbindungstür von Lady Janes Zimmer." Ben zuckte mit den Schultern.

„Super", stießen Goldwin und Darren nahezu gleichzeitig hervor. Sie hatten bei ihrer Flucht gar nicht mehr an das Laken, die Schuhe oder an Bens Brille gedacht.

„Der Auftritt war spitze", war Ben von sich selbst überzeugt. „Bloß bin ich in dem verdammten Laken hängengeblieben und gestolpert. Aber ihr beide musstet mir ja wie verrückt ins Ohr brüllen und dann ... seid ihr davon wie die Hasen."

Darren brachte es auf den Punkt. „Heißt, wir müssen noch mal in den Ostflügel, unseren Kram holen."

„Dein Glück, dass du *unseren Kram* gesagt hast", bemerkte Ben. „Nachts ist vielleicht die beste Zeit. Wenn *Shrek* schnarcht."

„Nein!", schnappte Goldwin. Es klang, als hätte er seit gestern Angst, ein Ungeheuer könnte sich in dem Zimmer eingenistet haben.

„Ich meine ja nur, heute wird das bestimmt ein Spaziergang. Die Porzellandosen sind wieder da. Mission erfüllt. Wir wollen doch nur meine Brille, die Schuhe und das Laken zurück." Ben konnte Goldwins Sorge nicht so recht nachvollziehen.

„Schon, aber muss das unbedingt nachts sein?", meinte der jetzt und verzog das Gesicht.

Darren erinnerte sich plötzlich wieder daran, was Goldwin Komisches von sich gegeben hatte, als die Geräusche in Lady Janes Zimmer anfingen. Er schien sich wirklich gefürchtet zu haben. „*Wir haben ihn sauer gemacht.* Das hast du letzte Nacht gesagt. *Wen* haben wir sauer gemacht?", wollte Darren wissen.

„Ach das ... nichts. War nur so dahergesagt", winkte Goldwin ab. Er konzentrierte sich auf seinen Teller und es sah ein wenig so aus, als hätte er dort gerade eine wahnsinnig interessante Entdeckung gemacht.

Darren und Ben warfen sich fragende Blicke zu. Das war so gar nicht Goldwins Art. Andauernd wich er ihnen aus, wenn es darum ging, dass ihnen im Schloss so einiges seltsam vorkam. Was war denn bloß los?

Bens Miene ließ erkennen, dass er genau das rausfinden wollte.

***

Den Rest des Vormittags zeigte ihnen Goldwin das Schloss mit all seinen Nebengebäuden und erzählte dazu kleine Geschichten.

Dieses Mal hatten sie auch an Darrens Notfallversorgung gedacht.

Sie kamen an einem imposanten Backsteingebäude vorbei und Goldwin erklärte ihnen, dass es sich dabei um die Familienkapelle handelte. Nur dass Kapelle für ein Gebäude von dieser Größe nicht das richtige Wort war. Die staunenden Blicke der Freunde kommentierte Goldwin mit einem Lachen.

„Macht den Mund wieder zu", meinte er. „Interessiert euch der Park? Der ist nicht grade klein, aber wenn ihr mögt ..."

„Klar mögen wir", antwortete Ben für Darren und sich selbst. Nicht grade klein war allerdings stark untertrieben, der Park war riesig.

Sie liefen schon eine halbe Ewigkeit und ein Ende des Grundstücks war immer noch nicht in Sicht. Ein Pavillon, der fast gänzlich mit Efeu überwuchert war, tauchte vor ihnen auf. „Wie im Märchen – wer wohl dort drin auf seine Erlösung wartet?" Ben streckte eine Hand aus, um einige der Ranken beiseitezuschieben.

„Normalerweise eine Prinzessin, aber so viel Glück hast du nicht", erklärte Darren und zwinkerte.

Und er hatte recht, im Innern des Pavillons warteten nur eine fette Kröte, die den Eingang zu bewachen schien, und eine dicke Spinne, die sich auf Bens Arm niederließ. „Ah igitt!", maulte er und schüttelte den Arm wie ein Verrückter, bis das Tier schließlich herunterfiel. Goldwin und Darren lachten.

Dort, wo der Wald begann, wuchs das Gras wild, sodass die Jungen kaum sahen, wohin sie ihre Füße setzten. Unter dem Blätterdach der Bäume herrschte eine nahezu sonnenlose Düsternis, das einfallende Licht zeichnete dunkle Schatten auf den Untergrund.

Darren sprang über die dunklen Flecke, als gäbe es dort im Boden reihenweise schwarze Löcher. Plötzlich schrie er auf: „Verflucht!", ließ sich ins Gras fallen und rieb sein Knie.

„Was ist denn? Probleme?", wollte Goldwin wissen. „Wir haben Brote, Schokolade und ich habe uns auch was zu trinken eingepackt."

„Quatsch", sagte Darren. „Ich bin gegen einen Felsen gelaufen."

Goldwin beugte sich zu seinem Freund hinunter und sah, dass dessen Jeans einen Riss und sein Knie eine Schramme hatte. „Hier gibt's keine Felsen", behauptete er. „Ben, siehst du irgendwo einen Felsen?"

Ben hielt seine rutschende Brille fest und stampfte in seinem Umfeld das Gras platt. Mit einem Mal machte er große Augen. „Wow, wenn es das ist, wofür ich es halte ...", begann er.

„Was?", wollte Goldwin wissen.

„Na los, sag schon", forderte ihn Darren auf.

Ben tat geheimnisvoll und senkte die Stimme zu einem Flüstern: „Gräber."

„Was?" Goldwin war blass geworden.

„Das hast du grade schon mal gefragt", erinnerte ihn Ben. „Nein, im Ernst, Leute", sagte er dann. „Darrens Felsen sind alte Grabsteine."

Goldwin ließ sich neben Darren ins Gras fallen. „Bevor ihr fragt, möglich ist es", meinte er. „In früherer Zeit waren Familienfriedhöfe nichts Besonderes. Nur, dass ich ehrlich keine Ahnung habe, wer hier alles begraben liegt. Kann man die Namen noch lesen?"

Ben ging in die Hocke, um einen der Steine in Augenschein zu nehmen. Seine Finger kratzten am Moosbewuchs, bis darunter Buchstaben zu erkennen waren. „Nicht übel. Hört mal her, dieser Knabe wird heute um Mitternacht 300. Herzlichen Glückwunsch zum Geburtstag, *Your Grace*. Darf ich vorstellen, Jungs? Sir Frederick Linford, Duke of Esher."

Eine irre Geschichte

Die drei Freunde hatten beschlossen, dass nur einer von ihnen gehen sollte, um das Betttuch, Bens Brille und die Turnschuhe zu holen. Und weil Goldwin der Einzige war, der im Schloss nicht auf Abwege geraten würde, wäre freilich er dieser *Eine*.

Goldwin hatte eingewilligt, doch nur unter der Bedingung, den Zeitpunkt selbst zu bestimmen. „Ich warte bis zum Abendessen, dann wird mir plötzlich übel, ich entschuldige mich und frage, ob ich auf mein Zimmer gehen kann", sagte er.

„Du bist ein böser, böser Junge", zog ihn Ben auf. „Den Koch in Schwierigkeiten zu bringen."

Aber Goldwin war aus irgendeinem Grund nicht nach Lachen zumute. Seit ihrem Ausflug in den Park war sein Gesicht so unbewegt wie die alten Grabsteine.

Goldwins Mutter bat ihre Gäste zum Abendessen. Die Jungen verspürten eigentlich keinen großartigen Appetit, hatten sie doch Darrens Notfallverpflegung ratzeputz aufgefuttert.

Ben beeilte sich, dieses Mal nicht unbedingt neben Fred Astaires ehemaligem Tanzpartner zu sitzen, und schob sich näher an Queen Mum heran. Dann fiel ihm wieder ein, dass sie eine Schwäche für Uhren hatte. Er wollte gerade die Hände in den Schoß legen, als die alte Dame ihre feingliedrigen Finger auf die von Ben legte. Er versuchte schnell noch den Arm wegzuziehen, doch sie hatte die Uhr schon gesehen. Dann beugte sie sich zu ihm herüber und raunte: „Die da ist nicht nach meinem Geschmack."

Ben hatte den Atem angehalten. Jetzt stieß er ihn aus und bemühte sich, nicht loszulachen.

Goldwin zog seine angekündigte Show ab und verschwand, sich den Bauch haltend, angeblich auf sein Zimmer. Als er sich unbeobachtet fühlte, unternahm er einen Schwenk in Richtung Ostflügel.

Ben behielt die Zeit im Blick. Wie lange würde Goldwin brauchen, um die Sachen zu holen? Sie hatten ihm versprochen, Lady Jane davon abzuhalten, frühzeitig den Tisch zu verlassen – nur für alle Fälle. Doch offenbar war die alte Dame gar nicht an einem Ausflug interessiert.

Es war noch nicht allzu spät, als Darren und Ben laute Geräusche aus dem oberen Stockwerk vernahmen. Zuerst polterte und knackte etwas, dann hörten sie einen Knall.

„Goldwin?" Ben stupste Darren an. Alle anderen Gäste hielten sich mit ihnen in diesem Raum auf. Nur Goldwin hatte sich wegen Übelkeit entschuldigt, aber wieso sollte er Krach schlagen, wenn es doch bloß darum ging, die Sachen zu holen.

„Das ist dieser Geist. Oh, wie entsetzlich!" Lady Jane wirkte besorgt.

Magnus Nellson, Goldwins Vater, marschierte energischen Schrittes quer durchs Esszimmer. Sein Gesicht zornesrot.

„Lass uns nachsehen", schlug Darren vor. Ben und er bedankten sich zuerst für das gute Essen und entschuldigten sich anschließend eiligst.

Sie waren gerade dabei, zur Treppe zu laufen, da fiel ihnen auf, dass die Tür zur Bibliothek nur angelehnt war und eine schmetternde Stimme aus dem Raum tönte: „Das reicht jetzt! Frederick, ich dulde diesen Unsinn nicht länger!"

Darauf folgte keine Antwort, überhaupt blieb eine Reaktion aus.

„Ulkig, da schimpft jemand mit niemandem." Ben riskierte einen vorsichtigen Blick in den Raum. Magnus Nellson stand mit vor der Brust verschränkten Armen vor dem offenen Kamin.

Und er war allem Anschein nach allein.

Darrens Mund klappte auf. „Frederick. Hat er nicht eben Frederick gesagt? Das ist doch ... der Tote auf dem Friedhof. Der Duke. Himmel!"

Ben entgegnete: „Das würde bedeuten, Goldwins Vater schimpft mit einem Gespenst, oder?"

„Also, wäre sein Dad nicht der Direktor der Barclays Bank und so ... Na, du weißt schon", gab Darren zurück und sein Finger ahmte in Schläfennähe die Bewegung einer Spirale nach.

„Der Hammer!", fand Ben. „Wir fragen Goldwin. Ich glaube, er weiß etwas darüber, er erzählt nur nichts. Typisch. Hast du sein Gesicht gesehen, als ich den Namen auf dem Stein vorgelesen habe? Wir finden raus, was hier los ist."

Goldwin war tatsächlich in seinem Zimmer. Er saß auf dem Bett, die Beine angezogen, als würde ihm etwas wehtun. Ben und Darren hatten kurz angeklopft, doch Goldwins „Ja" hatte sich weder freudig noch sonderlich einladend angehört.

Als er seine Freunde hereinkommen sah, deutete er auf Bens Brille und die Turnschuhe. „Das Bettlaken ist im Schrank. Es sieht zwar ein bisschen mitgenommen aus ..."

Ben griff erleichtert nach seiner Brille. Dann ließ er sich auf den Teppich fallen und zog seine Schuhe aus, um sie wie die Brille zu tauschen. „Mann, bin ich froh", sagte er. „Danke, Goldwin."

„Du hast nicht zufällig eben diese Riesenkrach veranstaltet, oder?" Darren wartete Goldwins Antwort nicht ab. „Dein Dad ist unten in der Bibliothek und redet Frederick ins Gewissen. Na ja, man könnte auch sagen, er ist stinkwütend. Nur blöd, dass der Kerl ein Gespenst ist!" Es war ein Schuss ins Blaue. Darren war sich natürlich nicht sicher, doch wer sonst sollte dieser Frederick sein. Die übrigen Gäste hatten sie kennengelernt. Und da wäre es schon ein reichlich komischer Zufall. In dem Raum hatte sich außer Goldwins Vater niemand aufgehalten.

„Kann schon sein, dass ich ein bisschen laut war", sagte Goldwin. Er sah an seinen Freunden vorbei, als wären sie gar nicht anwesend.

„Jetzt mach aber mal halblang!" Ben fand, dass es mit dem Quatsch allmählich reichte. „Wir sind doch keine Fremden, wir sind deine Freunde."

Goldwin sah aus, als wäre ihm wirklich ganz fürchterlich übel. Er tat einen tiefen Atemzug und schloss die Augen, sein Kopf sank gegen das Rückenteil des Bettes. „Er gibt einfach keine Ruhe. Kaum denkt man, er ist weg, da fängt es wieder an. Dieser Geist ist komplett irre! Meine Eltern sind der Meinung, Frederick sei harmlos. Wie auch immer, aber er geht einem mit seinem Radau schon ziemlich auf die Nerven.“

Darrens Augen glänzten. „Boah!“, rief er .

„Was weißt du über Sir Frederick? *Sir.* Ich finde, so viel Zeit muss sein.“ Ben setzte sich auf den Rand des Bettes. „Immerhin ist es jetzt ruhig, also war die Schimpftirade deines Vaters wohl erfolgreich“, meinte Ben. Er zog seine Turnschuhe wieder aus und sprang zusammen mit Darren auf Goldwins breites Bett. „So, jetzt kann's losgehen“, forderte Ben seinen Freund auf und machte eine entsprechende Handbewegung.

„Ich weiß eigentlich kaum etwas über ihn. Bloß, dass er schon immer da war. Also, schon lange vor meiner Zeit … *immer* eben.“ Goldwin fasste sich in sein dunkles Haar und trennte mit den Fingern den weißen Streifen in Form eines Dreiecks heraus.

„Meine Mum hat mir erzählt, das hier wäre Sir Frederick gewesen. Er hat mir übers Haar gestrichen, als ich in der Wiege lag. Seitdem wächst mein Haar an der Stelle immer weiß nach. Ich habe mich nicht getraut, es euch zu erzählen, ihr hättet doch gedacht, ich sei total übergeschnappt.“

„Die Pigmentstörung“, sagte Ben.

„Stimmt ja auch“, rechtfertigte sich Goldwin. „Ich habe bei meiner Geschichte nur den Rest weggelassen.“

„Den interessanten Rest“, fand Darren.

„Hey, was meint ihr? Ein Interview mit einem Geist, das wäre doch großartig!“ Ben war aufgesprungen und wirbelte einmal um die eigene Achse. „Für unser Blatt. Dann könnte er mir auch gleich König Charles I. vorstellen“, meinte der Chefredakteur der Schülerzeitung ausgelassen.

Darren sagte: „Ben, du spinnst! Der King hat doch seinen Kopf verloren.“

„Jungs, also echt. Wenn du etwas über den Duke erfahren

willst, Ben, dann findest du über ihn vielleicht etwas in den alten Familiendokumenten. Und wenn es für die Schülerzeitung sein soll, haben meine Eltern bestimmt nichts dagegen, wenn du sie dir ansiehst." Goldwin hoffte es jedenfalls.

„Klasse", freute sich Ben. „Der Zeitpunkt wäre nämlich gut. Sir Frederick wird schließlich 300 Jahre alt."

„Vielleicht würde er sich freuen, wenn du ihm ein *Happy Birthday* trällerst", sagte Darren lachend.

Die drei Freunde saßen zusammen, bis ein Klopfen an der Tür ihre Unterhaltung abreißen ließ. Im ersten Augenblick schauten sie sich erschrocken an, war doch gerade das Schlossgespenst ihr Thema.

Die Tür wurde vorsichtig geöffnet, eine Hand schob sich auf die Innenseite. Die Jungen zogen in einer Bewegung gleichzeitig ihre Beine auf Goldwins Bett, alle Augen waren auf den größer werdenden Spalt gerichtet. Angespannt warteten Ben, Darren und Goldwin und wagten kaum Luft zu holen.

„Ach, du bist noch wach. Geht's dir besser?" Vanessa Nellson schob die Zimmertür auf. Dann fiel ihr Blick auf Ben und Darren. „Und meine vermissten Gäste haben sich gottlob auch wieder gefunden. "

„Oh, Mum", beschwerte sich Goldwin.

„Habe ich euch erschreckt? Tut mir leid." Goldwins Mutter lachte.

„Nein!", versicherten ihr alle schnell. Wer wollte schon dabei ertappt werden, dass er sich wie ein Mädchen fürchtete.

Goldwin packte die Gelegenheit beim Schopf und sagte seiner Mutter, sie würden am nächsten Tag in der Bibliothek gerne ein paar Sachen nachschlagen. „Ben möchte einen Artikel für die Schülerzeitung schreiben. Über Schloss Caedmon", erklärte Goldwin. Vanessa Nellson hatte nichts dagegen einzuwenden und fand das Interesse der Jungen bemerkenswert.

„Dann dürfte das Geheimnis des gelben Diamanten dafür doch genau der richtige Stoff sein, oder?", meinte sie.

Der gelbe Diamant

Die Jungen hatten Goldwins Mutter solange bekniet, ihnen alles über diesen Diamanten zu erzählen, bis Vanessa Nellson sich mit erhobenen Händen ergab. „Gnade", bat sie und zog einen der bequemeren Stühle heran, um ihrem Sohn und seinen Freunden eine kleine Geschichtsstunde zu geben.

„Es ist eine alte Legende", begann sie. „Demnach hat sich König Charles I. nach seiner Flucht aus London auf Schloss Caedmon versteckt. Dafür soll er dem Viscount, einem unserer Vorfahren, einen wertvollen gelben Diamanten geschenkt haben."

Goldwins Mutter erzählte die Geschichte von Beginn an und Ben, Goldwin und Darren mussten zugeben, dass Englische Historie sogar spannend sein konnte. Sie saßen hier nicht in der Schule, niemand verlangte von ihnen, sich Dinge zwanghaft einzuprägen. Und so erfuhren sie, dass Charles I. von 1625 bis 1649 König von England, Schottland und Irland gewesen war.

Goldwins Mutter erklärte ihnen auch die Hintergründe seiner Flucht aus London. So wollte Charles I. eine gleichförmige Kirchenverfassung in England und Schottland einführen, was bedeutete, ohne Parlament zu regieren.

„Das löste den Englischen Bürgerkrieg aus." Sie unterbrach sich und atmete tief ein und wieder aus, bevor sie fragte: „Findet ihr nicht auch, dass es schon ziemlich spät ist? In jedem Fall aber zu spät für Politik."

„Da ist irgendwas schiefgelaufen", merkte Ben an. „Sie wollten vom gelben Diamanten erzählen", erinnerte er sie.

„Es lief sogar ziemlich schief", bestätigte Vanessa Nellson. Und Goldwins Mutter berichtete vom Verrat am König durch einen seiner engsten Vertrauten.

„Die Hinrichtung", meinte Darren.

„Richtig. Aber zuvor quartierte er sich hier im Schloss ein. Und weil dieser König ein sehr eigenwilliger Mann war, brachte er einige seiner persönlichen Möbel mit. Man stelle sich das mal vor!", sagte sie.

„Das Bett ... Aber was ist mit dem Diamanten?", wollte Ben wissen. Er hockte im Schneidersitz da und hatte die Arme aufgestützt.

„Angeblich handelt es sich dabei um den sagenumwobenen Laval-Diamanten. Es heißt, er stamme ursprünglich aus Indien. Das Besondere ist sein Tropfenschliff. Er sieht aus wie eine große, dicke Träne."

Gebannt lauschten Ben, Darren und Goldwin der Geschichte.

„Die Zeiten damals waren unruhig und manches Mal auch ziemlich unsicher. Unsere Familie versteckte darum alle Wertgegenstände", fuhr Vanessa Nellson fort. „Die anderen Sachen fand man wieder, der Diamant blieb verschwunden. Leider kennt niemand das Versteck, aber Goldwins Großvater war fest davon überzeugt, dass der Laval-Diamant tatsächlich existiert."

„Krempelt er deshalb alles um? Ich meine Sir Frederick. Weil er den Diamanten sucht?", fragte Darren.

Goldwins Mutter blinzelte, als wäre ihr dieser Gedanke noch nie gekommen. „Dann habt ihr Frederick also schon kennengelernt", meinte sie an Ben und Darren gewandt. „Ich muss gestehen, ich habe keine Ahnung, wer er überhaupt ist. Nur eines ist sicher: Frederick war bestimmt schon lange vor mir auf Caedmon Castle. Ihr braucht keine Angst zu haben ..."

Sie unterbrach sich. „Nein, natürlich habt ihr *keine*, wie komme ich nur darauf? Er ist nicht böswillig. Mir scheint, er fühlt sich als der Herr des Hauses, der er vielleicht einmal gewesen ist.

Vanessa Nellson erhob sich von ihrem Stuhl.

„So, jetzt ist aber Schluss mit den Gruselgeschichten. Nicht, dass unser Hausgespenst beschließt, euch den Rest persönlich erzählen zu wollen."

Sie kniff die Augen unheilvoll zusammen und streckte ihre Finger nach den Jungen aus.

„Schlaft schön!", sagte sie augenzwinkernd. Bevor sie die Tür hinter sich schloss, drehte sie sich noch einmal um. „Die Bibliothek gehört euch, aber versprecht mir, mit den alten Papieren sorgsam umzugehen. Und wer weiß, womöglich entdeckt ihr ja was."

„Toll, Mum, danke!", rief Goldwin und Ben und Darren schlossen sich ihm an.

„Deine Mum ist echt prima", meinte Darren und knuffte Goldwin in die Seite.

„Ich werde heute Nacht jedenfalls vom gelben Diamanten träumen", verkündete Ben.

„Vergiss das Geburtstagsständchen für Sir Frederick nicht", zog ihn Goldwin auf.

Darren und Ben gingen auf ihr Zimmer und bis zum Einschlafen gab es natürlich kein anderes Thema mehr, doch irgendwann kam die Müdigkeit angeschlichen und schloss den beiden mit sanfter Hand die Augen.

„Aufregend", flüsterte Ben, ein Lächeln im Gesicht. Ob er wirklich vom gelben Diamanten träumte ...

✳✳✳

Es war beinahe Mitternacht. Draußen auf dem Gang ruckten die Zeiger der Standuhr immer näher an die 12 heran.

Niemand bemerkte den Hauch, der wie ein leichter Nebel über den Holzboden waberte und schließlich unter der massiven Tür zum Zimmer mit dem Himmelbett von Charles I. hindurch sickerte.

Darrens Atem bildete kleine weiße Wölkchen in der Luft und Ben zog im Schlaf die Bettdecke über seine Schultern.

Der Nebel verdichtete sich. Im Zimmer stand plötzlich ein Mann.

✳✳✳

Als Ben am nächsten Morgen aufwachte, gähnte er ausgiebig und streckte sich einige Male nach allen Richtungen. Er griff nach seiner Brille, die auf dem antiken Nachttisch lag, und setzte sie auf. Dann fiel sein Blick auf die geöffneten Schränke. Jemand hatte den kompletten Inhalt ausgeräumt. Scheinbar, um an die Rückwände zu gelangen oder an etwas, das sich dahinter verbarg. „Oh, nein", stöhnte Ben. Er schwang seine Beine über den Rand und trat auf etwas Hartes.

Auf dem Boden verstreut lag das Innenleben seines Koffers. Gerade stand er auf seinem Duschgel.

„Verdammt!", schimpfte er, aber da quoll bereits das bläulich-schmierige Zeug aus dem Plastik. Er ließ sich aufs Bett zurücksinken, streckte die Füße in die Höhe und stimmte spontan ein lautes „Happy Birthday!" zu Ehren von Sir Frederick an.

Darren schoss aus den Kissen. „Oh, Ben!", meuterte er und verkroch sich schnell wieder unter der warmen Decke.

„Das ist *nicht* witzig", gab Ben genervt zurück. „Schau dich doch mal um."

„Ja, also deine Füße würden wirklich ein bisschen Wasser vertragen." Darren deutete auf Bens verfärbte Zehen und rümpfte die Nase. „Sehen aus, als wärst du irgendwo reingetreten. Warst du draußen?"

„Draußen? Klar war ich draußen. Nämlich genau einen Schritt vom Bett entfernt."

Darren stemmte sich hoch und beugte sich ein Stück weit vor. Auf seiner Seite des Bettes fand sich die gleiche unordentliche Überraschung. „Hast du nach dem Diamanten gesucht? Also, *ich* habe ihn bestimmt nicht eingesteckt."

Darren verzog angesäuert die Mundwinkel. Seine Kleidung bildete einen wirren Haufen. Sogar die Plastikbox mit dem Messgerät, dem Insulin-Pen und den Kartuschen lag geöffnet auf dem Stapel.

Ben legte eine Hand hinter sein Ohr. „Hallo?! Du glaubst, *ich* war das? Na, *so* tot kannst du gar nicht gewesen sein." Er deutete auf die Unordnung. „Wie hätte ich das bitteschön heimlich machen sollen? Sieht echt nach Arbeit aus."

Darren sah Ben an. Er schien zu überlegen, wie das alles zusammenpasste, doch Ben ging sein morgendliches Nachdenken nicht schnell genug. Er sagte: „*Darum* geht es – tot. Es muss Sir Frederick gewesen sein. Nur dieses Mal war er verdammt leise."

„Das macht doch überhaupt keinen Sinn", sagte Darren. „Wir passen doch nicht ins 17. Jahrhundert. Was sollten wir denn seiner Meinung nach eingesteckt haben? Glaubst du, er sucht tatsächlich nach dem gelben Diamanten?" Er schüttelte ungläubig den Kopf. „Weißt du, wenn ich mir vorstelle, dass der Kerl, also der Duke, direkt neben dem Bett gestanden hat. Wenn ich in der Nacht den Arm ausgestreckt hätte ... Wie fühlt sich denn ein Gespenst an? Das ist megagruselig, ich mag gar nicht dran denken!"

„Immerhin war er so rücksichtvoll, uns schlafen zu lassen", gab Ben zurück. „Warte mal", überlegte er laut. „Wenn Sir Frederick danach sucht, würde das bedeuten, er hat keine Ahnung, wo der Diamant versteckt wurde. Und das würde wiederum heißen, es gibt mehr als nur *ein* Rätsel zu lösen." Bens Augen glänzten.

Darren seufzte. „Ich würde sagen, zuerst gibt es was aufzuräumen."

Draußen auf dem Gang war ein fröhliches Pfeifen zu hören und im nächsten Moment stand Goldwin in der Tür. Sein Fuß verharrte in der Luft. „Ups", meinte er, den Türgriff noch in der Hand. „Ihr seid schon beim Suchen?"

Ben zog ein Gesicht. „Immer diese Verdächtigungen", beklagte er sich.

„Sieht dir das an. Unser Sir hat mächtig gewütet", entgegnete Darren und sah drein, als wäre er das Opfer eines Raubüberfalles geworden.

Ben hüpfte vom Bett und sprang flink zwischen den verschiedenen Haufen hindurch. „Wenn deine Mum das sieht, können wir uns warm anziehen", behauptete er.

„Dann braucht ihr wenigstens nicht groß nach euren Klamotten zu suchen", spaßte Goldwin und deutete auf das Kleiderchaos. Dann fiel sein Blick auf Bens Füße und er verschluckte sich beinahe an seinem Lachen.

Ein geheimnisvoller Brief

Goldwin, Ben und Darren beschlossen, zuerst etwas zu frühstücken. Dann wäre immer noch genug Zeit, um das Zimmer aufzuräumen. Normalerweise würde niemand ihren Schlafraum betreten, denn sie hatten Goldwins Mutter glaubhaft versichert, es sei kein Thema ihre Betten selbst zu machen.

Schließlich waren sie Internatsschüler und da nahm einem diese Arbeit niemand ab, im Gegenteil. Schlampig hinterlassene Räume hatten zur Folge, dass einem entweder ein Teil des Taschengeldes oder der Ausgang gestrichen wurde.

Ben wusch sich rasch das klebrige Gel von den Füßen, dann schloss er sich den Freunden an.

Darren stocherte in seinem Rührei herum. „Wir müssen etwas unternehmen", fand er. „Was ist, wenn er zurückkommt?"

Wer mit „er" gemeint war, brauchte Darren nicht ausdrücklich zu erklären. Die Vorstellung, dass ein Gespenst oder genauer ein Mann, der seit einer Ewigkeit tot und begraben war, unbemerkt in ihren Sachen gewühlt hatte, jagte ihnen einen Schauer über den Rücken.

„Was gibt es denn *noch* auf den Kopf zu stellen? Sir Frederick hat doch ganze Arbeit geleistet", sagte Ben.

„Da hast du dein Rätsel, oder nicht? Ein Duke ist kein Viscount und somit war es nicht Sir Frederick, der Charles I. bei sich untergebracht und den Diamanten versteckt hat. Sonst bräuchte er ihn nicht zu suchen." Darren stocherte weiter.

„So viel ist klar, aber für weitere Aktionen sollten wir zuerst die Pläne und Dokumente von Schloss Caedmon studieren. Bestimmt gibt es auch einen Stammbaum." Ben trank einen Schluck von seinem Tee.

Goldwin beteiligte sich gerade nicht am Gespräch, sondern starrte mit offenem Mund auf die alte Dame, die in ihren Hausanzug gekleidet gerade das Esszimmer betrat. Lady Jane Stancliff.

47

In Socken wanderte sie über den glänzenden Parkettboden, ein ausgelassenes „Hallo Jungs" auf den Lippen.

Ben nickte Lady Jane zu und schaute ihr hinterher. Etwas an ihr war komisch. Ihm fiel vor Schreck die Gabel aus der Hand. Klappernd landete sie auf seinem Teller. „Sie ... habt ihr *das* gesehen? Ist nicht wahr, oder?"

Darren verrenkte sich den Hals. „Da klebt was Blaues an ihren Socken", kommentierte er.

„Sie war in unserem Zimmer", regte sich Ben auf.

„Hoffentlich konnte Queen Mum nichts gebrauchen. Vielleicht hatte sie ja auch bloß Mitleid und hat aufgeräumt."

„Oh, schöner Traum", meinte Ben und maulte: „Haben wir vielleicht aus Versehen ‚Einladung' an unsere Tür geschrieben?"

„Wann hätte Lady Jane je eine Einladung gebraucht", sagte Goldwin. „Hm, tut mir echt leid."

Die drei beendeten ihr Frühstück und rannten in den ersten Stock hinauf. Natürlich gab es an der Tür *keinen* Zettel, der jemanden zum Eintreten aufforderte. Und auch der schöne Traum vom Mitleid einer alten Dame verflüchtigte sich schnell. Wenn der Tod dieses Durcheinander verursacht hatte, so hatte das Chaos bestimmt sieben Leben.

„Deine Mum steckt uns in die Folterkammer", meinte Ben und deutete auf die Abdrücke, die sich vom Bett bis zur Tür entlangzogen und von dort hinaus auf den Gang.

„Dafür nicht, es ist doch bloß Gel", gab Goldwin zurück.

„Ja, und im Treppenaufgang und im Esszimmer ist es auch bloß Gel." Ben blies die Backen auf. „Man müsste ihr die Socken wegnehmen", schlug er vor.

„Nimm ihr die Socken weg und meine Mum steckt uns *wirklich* in die Folterkammer", sagte Goldwin.

„Könntest du irgendwo Putzzeug besorgen? Einen Lappen und so. Und einen Eimer." Ben fand, sie sollten wenigstens die verräterischen Spuren in diesem Zimmer beheben, bevor sie jemandem auffallen würden.

„Es ist alles noch da, oder? Darren, vermisst du was?", wollte Ben wissen.

„Bisher nicht, wie denn auch?", meinte Darren. „Man sieht nicht, was weg ist, weil man kaum sieht, was noch da ist."

„Umwerfende Logik", fand Goldwin. Er besorgte, worum Ben ihn gebeten hatte. „Ui, wenn mich jemand damit gesehen hat, dann endet das tragisch. Goldwin putzt."

„Goldwin putzt nicht, das macht Ben Bergmann. Wenn ich die alte Dame erwische ..." Ein Murren.

Während Ben auf Knien die Gelspuren am Boden entfernte, kümmerte Darren sich darum, ihre Kleidung aufzusammeln und sie wieder zusammenzulegen. Goldwin übernahm den Schrank. Darin hatten sich stapelweise Bettwäsche, Decken und sonstiger Kram befunden.

Sir Frederick war in seiner Wühlerei so gar nicht zimperlich gewesen.

Goldwin bemühte sich, die Wäsche sorgfältig in die leeren Fächer zu bugsieren. Trotzdem sah es längst nicht so ordentlich aus wie vor dem Übergriff des Duke.

„Das ist definitiv ein Job für jemanden, der was ausgefressen hat", bemerkte Ben und tauchte den Putzlappen tapfer in das inzwischen blau schimmernde Wasser des Eimers.

Sie brauchten den ganzen Vormittag, um die vormalige Ordnung wieder herzustellen, und waren am Ende der Aktion dementsprechend genervt.

Nach dem Mittagessen bot sich endlich die Gelegenheit, in die Bibliothek zu gehen. Goldwin fragte seine Mutter, ob sie die Tür von innen verschließen durften. „Sonst schneit hier jeder rein", erklärte er.

„Komisch. Ich erinnere mich gar nicht, deinen Mr Jeder eingeladen zu haben", meinte Vanessa Nellson. Sie nickte. „Also schön. Schließt ab. Zum Tee gibt es Süßes. Ich klopfe dreimal und wenn niemand aufmacht, esse ich alles allein. Ehrenwort."

„Nicht überzeugend, Mum", sagte Godlwin.

Die Jungen suchten sich jeder einen bequemen ledernen Sessel. Danach wurde die Ausbeute fair durch drei geteilt. Goldwins Mum hatte von einem Ordner gesprochen und es handelte sich dabei um einen ziemlich dicken Vertreter dieser Spezies.

Zwischen den verschiedenen Dokumenten, einem Wappenverzeichnis und einem anderen, in dem die verschiedenen Adelstitel aufgelistet waren, fand sich auch Persönliches wie Briefe, eine alte Familienbibel mit einem Stammbaum und sogar ein Tagebuch.

„Nicht gerade wenig", merkte Darren an und zupfte an den Papieren herum.

„Ist ja kein Schulstoff", gab Ben zurück. Es war kein Geheimnis, das Darren Mühe damit hatte. Wenn er konnte, vermied er alles, was auch nur entfernt mit Textarbeit zu tun hatte. Und in den Ferien fand sich für gewöhnlich kein einziges Buch auf seinem Schreibtisch. Es war nicht so, dass er keine Geschichten *mochte*, doch lesen wollte er sie nicht.

„Mitgegangen, mitgehangen", sagte Goldwin. „Es handelt sich auch um eine rühmliche Ausnahme", versprach er. Goldwin war dagegen eine echte Leseratte. Kein Buch war vor ihm sicher; natürlich nur, wenn er sich für den Inhalt auch interessierte.

Vor den Fenstern der Bibliothek zog die Sonne ihre goldene Bahn. Es war bereits später Nachmittag. Dann tauchte sie unvermittelt ab.

Darren stand auf und ging hinüber zu den Doppelflügeltüren, die auf die Terrasse hinausführten. Er öffnete beide einen Spalt.

„Weg, verschwunden ..." Er starrte auf einen fixen Punkt am Ende des Himmels.

Ben hob den Kopf. Er hatte die Nase tief in einem der Briefe vergraben. „Wer oder was? Wovon redest du?"

Darren starrte weiter, als hätte er Ben gar nicht gehört.

Der nahm die Arme hoch und winkte. „Hey, Erde an Darren Lorimer."

„Alles gut. Ich denke nach", antwortete Darren. „Ich habe die

Sonne beobachtet. Das Licht veränderte sich ständig, dann tauchte sie irgendwohin ab."

Ben verdrehte die Augen.

„Ihr sitzt auf der Leitung, oder? Ich rede vom Licht. Wenn jemand etwas echt gut verstecken will, wäre es doch blöd, einen Plan zu machen oder so was. Na ja, es ist bloß so eine Idee, aber vielleicht hat der Viscount den gelben Diamanten zu einer bestimmten Tageszeit versteckt."

„Gar nicht übel. Wir brauchen trotzdem irgendeinen Hinweis. Einen klitzekleinen. Wir kommen sonst nicht weiter."

Goldwin, stand auf und schaltete die Lichter ein.

„Okay, Leute. Ich hab' hier vielleicht was!", verkündete Ben.

„Was heißt vielleicht?", wollte Darren wissen.

Ben hielt an vier Fingern einen Brief in die Höhe, als wolle er etwas aufhängen. „Es ist komisch geschrieben, außerdem bröselt es gefährlich. Einmal Niesen und fast vier Jahrhunderte lösen sich in ihre Bestandteile auf."

„So viel Tod verkrafte ich wirklich nicht", scherzte Goldwin.

Ben legte das hauchdünne Pergament vorsichtig zurück auf die Schreibunterlage. „Der Viscount schreibt an einen Freund und Verwandten. Und jetzt ratet mal, wie dieser Verwandte hieß ..." Ben legte eine Kunstpause ein. „Sir Frederick Linford, Duke of Esher."

„Und weiter?", drängte Darren.

Ben strich vorsichtig über das Blatt. „Hier stehen die Worte *Laval-Diamant* und etwas von einem *Schlüssel*. Und dann heißt es da noch, irgendwas ... *liegt im Felde*."

Darren schüttelte sich. „Wir können doch niemanden ausgraben."

„Dieser Brief, er ist der Beweis, dass der Diamant existiert!" Ben hoffte, darin noch weitere Hinweise zu finden. Wenn er ihn nur lange genug studieren würde, vielleicht ...

***

51

Dreimal wurde kurz hintereinander an die Tür der Bibliothek geklopft und Goldwin ging, um zu öffnen. „Hört sich nach meiner Mum und den versprochenen Sachen an", sagte er.

Vanessa Nellson balancierte ein Teetablett, auf dem sich süßes Gebäck türmte. „Damit ihr nicht vertrocknet oder gar verhungert", meinte sie.

„Ein bisschen darf ich auch", sagte Darren, der sich sein Insulin bereits am Vormittag gespritzt hatte.

Die Tür schwang auf und der Luftzug, der durch die geöffneten Flügeltüren entstand, beförderte Bens Entdeckung, den Brief des Viscount, ins Jenseits.

Ben sprang auf und lief dem Pergament hinterher, versuchte danach zu fassen und einen Augenblick sah es tatsächlich so aus, als hätten seine Bemühungen Erfolg. An einem Stück flatterte der Brief zuerst über die Chippendale-Couch, doch bevor er den Boden dahinter erreichte, zerfiel er in tausend winzige Teilchen. „Nicht!" Es war ein verzweifelter Aufschrei. Ben sank auf die Knie.

Mut der Verzweiflung

Vanessa Nellson war fürchterlich erschrocken, als sie Ben schreien hörte. Sie fing an zu laufen, die Tassen schlugen gegeneinander und der schöne Turm brach zusammen.

Goldwin nahm seiner Mum rasch das Tablett aus den Händen, bevor etwas kaputt ging. Noch eine Putzeinlage musste nicht sein.

„Um Himmels Willen!", rief Vanessa Nellson aus.

„Wir hatten eben etwas entdeckt und jetzt ... ist es bestimmt futsch. Also, futsch wie kaputt, zerstört", begann Goldwin mit einer Erklärung.

Seine Mutter blickte sich fragend um und hob die Hände in einer Geste der Ratlosigkeit.

Ben sah völlig fertig aus. Als hätte seine Hockey-Mannschaft eine Niederlage eingefahren.

„Das wollte ich nicht, ehrlich", bat er um Verzeihung. „Wir sollten doch vorsichtig sein mit den alten Papieren." Er kroch auf dem Fußboden herum und versuchte, wenigstens noch ein paar Überreste des Briefes zu retten.

„Es war doch keine Absicht", beschwichtigte Goldwins Mutter, die endlich verstanden hatte, was Ben solches Kopfzerbrechen bereitete. „Das hätte jedem passieren können."

„Aber es ist mir passiert", flüsterte Ben.

Darren schloss die Flügeltüren. Dass es dafür zu spät war, brauchte ihm niemand zu sagen.

Das Tablett stand unangetastet zwischen ihnen auf dem Tisch.

Darren und Goldwin versuchten Ben ein wenig aufzuheitern, doch vergebens. „Wenn die Sonne morgen wieder auftaucht, dann starten wir einen neuen Versuch", schlug Goldwin vor.

„Wenn der Versuch von mir nicht verlangt, Knochen auszubuddeln", meinte Darren. „Von wegen *liegt im Felde* und so."

„Ich bin so was von bescheuert. In den Museen fassen sie diese Papiere doch auch immer mit Handschuhen an."

Ben gab sich nach wie vor die Schuld an der Zerstörung eines uralten Familiendokumentes.

Somit verlief der Rest des gemeinsamen Abends zumeist schweigend. Nur Darren und Goldwin unterhielten sich leise miteinander.

Schließlich gingen die Jungen auf ihre Zimmer.

Ben lag im Bett und grübelte über den Inhalt des Briefes nach. Ob er wohl noch mehr hätte herauslesen können? Die Hinweise waren ja nicht eben vielversprechend. So würden sie den Diamanten nie finden. Gäbe es nur jemanden, den man danach fragen könnte.

Da kam Ben eine Idee. Es war eine völlig hirnrissige Idee. Zudem eine, die einigen Mut erforderte.

Bevor er es sich anders überlegen würde, griff Ben nach seiner Brille und schlug die Bettdecke zurück.

Darren neben ihm schlief. Er lag zusammengerollt da wie eine Katze und verschwand halb unter der Daunendecke, die er bis zu den Ohren hochgezogen hatte. Ein Holzkreuz lag am Fußende des Himmelbettes. Ben grinste. Darren dachte wohl, das würde ihn vor einem erneuten Gespensterbesuch bewahren.

Ben schlich lautlos zur Tür, machte sie vorsichtig auf und spähte den Gang entlang. Leer.

Eine kleine Lampe, über der ein Stoffschirm saß, warf diffuse Schatten und gab Ben die Richtung vor.

Als er an der alten Standuhr vorbeiging, begann diese plötzlich zu schlagen. Ben fasste sich an die Brust. „Warum sagt mir niemand, dass das echt bescheuert ist?", fragte er sich halblaut.

„Und wenn der Duke immer noch sauer ist", fiel ihm ein. „Mann, so ein Schwachsinn."

Ben führte den ganzen Weg nach unten Selbstgespräche.

Die Treppen waren mit Teppichen ausgelegt, sodass seine Schritte auf dem weichen Material nicht zu hören waren. Unten angekommen, erwartete ihn eine weitere Wandlampe. Er fand es einigermaßen beruhigend, dass es nirgends dunkel war. An eine mögliche Nachtwanderung hatte er nämlich gar nicht gedacht.

Ben verharrte einige lange Sekunden vor der Tür zur Bibliothek. Beinahe hätte er angeklopft. „Du spinnst komplett, Ben Bergmann", sagte er zu sich. Erneut ein Zögern.

„Okay, jetzt oder überhaupt nicht!", machte er sich Mut und drückte die Klinke nieder.

Im Zimmer war niemand, aber was hatte er auch erwartet?

Die dunklen Buchrücken glotzten ihn herausfordernd an und er beeilte sich, den Schalter für die Stehlampe zu drücken. Er würde die Tür einen kleinen Spalt offenlassen, für alle Fälle.

Ben setzte sich in seinem Schlafanzug auf die lederne Chippendale-Couch. Sie fühlte sich kühl an.

„Sir Frederick", begann Ben. Dann etwas lauter: „Your Grace ... Mylord. Bitte, ich wollte mit Ihnen reden." Und was weiter, fragte sich Ben. Es war wahrscheinlich wirklich die dümmste Idee der westlichen Welt. „Es geht um den Diamanten und um den Brief Ihres Verwandten." Wie um Himmels Willen erklärte man einem Gespenst, das man so etwas wie eine Übersetzung brauchte. Doch wenn der Duke diesen Brief vor so langer Zeit gelesen hatte, dann wusste er vielleicht überhaupt nicht mehr, was darin gestanden hatte.

Während Ben noch über eine mögliche Lösung nachdachte, waren nun vor der Bibliothek leise Schritte zu hören. Die Tür wurde sachte nach innen gedrückt.

Ben hielt den Atem an. Er hätte sich am liebsten in die Ritze des Leders verkrochen. Sein Herz klopfte, als würde ein Drummer einen Rockbeat spielen.

Eine Gestalt kam zur Tür herein. Sie hatte irgendetwas in der Hand und hielt es auf Armlänge von sich gestreckt. Dahinter tauchte eine zweite Gestalt auf.

„Ben, wird sind's", sagte Darren leise, während Goldwin die Tür hinter ihm und sich schloss.

„Du hast doch grade noch tief und fest geschlafen", meinte

Ben. Und jetzt sah er auch, was Darren da mitgebracht hatte. Es war das Holzkreuz. „Wofür ist das denn? Sir Frederick ist doch kein Blutsauger."

„Nein, aber Protestant", gab Darren zurück, als würde das irgendwas erklären.

Goldwin meinte: „Er hat mir die Hölle heißgemacht deswegen. Ich musste es extra von der Wand in der Kapelle nehmen."

„Seid ihr meinetwegen aufgestanden?", fragte Ben.

„Also echt, was ist *das* für eine Frage? Du hättest dich mal sehen sollen, als der Brief zerfiel. Außerdem hast du doch was von einem Interview mit Sir Frederick getönt. Da war uns klar, dass du in der Bibliothek bist. Ich hätte mich das nicht getraut", bekannte Goldwin jetzt. „Wir haben auch echt überlegt, ob wir runterkommen sollen. Aber drei sind besser als einer", sagte er.

Darren und Goldwin setzten sich zu Ben auf die Couch. „Ob er sich sehen lässt?", fragte Darren und hielt sich weiter an seinem Kreuz fest.

Sie drückten sich auf der Couch Schulter an Schulter aneinander. Die Wärme des Tages war einer unangenehmen Kühle gewichen. Im Hintergrund tickte die Kaminuhr, dazwischen hörte man nur das leise Atmen.

Ben schaute in die Runde und lauschte auf jedes Geräusch. Einmal glaubte er, vor den Fenstern etwas gesehen zu haben. Eine Katze lief draußen vorbei und ihre Augen spiegelten sich für einen kurzen Moment in der Scheibe. Unvermittelt sprang sie fauchend zurück und ergriff die Flucht, ihren Schwanz aufgestellt, als hätte etwas sie erschreckt.

Nebel bildete sich. Durchscheinende Schwaden wirbelten im Kreis herum wie Wasser in einem Abfluss, formierten und verdichteten sich, bis ein Gesicht zu erkennen war.

Eben noch in sicherer Entfernung, wurden die drei jetzt Zeugen einer Auferstehung aus dem Grab. Vor ihnen stand ein junger Mann in altmodischer Kleidung und mit einem Schwertgürtel über der Hüfte.

„Oh, ich liege bestimmt noch in meinem Bett und träume." Darren rieb sich mit einer Hand über die Augen.

Ben bemühte sich, seine Furcht nicht zu zeigen. „Sir Frederick?", vergewisserte er sich.

Der Mann nickte. Seine Augen wanderten über die Jungen. Argwöhnisch betrachtete er Ben, Goldwin und Darren. Sein Blick blieb auf dem Kreuz haften.

„Blöder Traum, ganz blöder Traum", sagte Darren. „Und so was von echt. Erzähl ich euch morgen."

Goldwin hatte Sir Frederick nie zuvor zu Gesicht bekommen. Er fasste unbewusst nach seiner weißen Strähne und etwas Seltsames geschah. Sir Frederick schien sich daran zu erinnern. Sein Gesicht hellte sich auf, er bildete mit den Armen eine Wiege und begann zu schaukeln.

„Es stimmt", krähte Goldwin. „Du warst das wirklich. Und ich dachte immer, das wäre bloß eine von diesen Geschichten." Er knuffte Ben und Darren in die Seite. „Jungs! Wehe, das hier ist nicht echt, dann ... puh, Wahnsinn!"

„Your Grace, der Brief ...", begann Ben respektvoll. Er wollte noch etwas sagen, aber sein Herz klopfte schon wieder so laut, dass er seine eigene Stimme nicht mehr hörte.

Sir Frederick legte eine Hand auf die Schreibunterlage, sie schien für einen Augenblick gänzlich im Holz des Tisches zu verschwinden.

Dann beschrieb der Geist eine Verbeugung und an genau der Stelle, an der Ben, Goldwin und Darren kurz zuvor noch seine Gestalt gesehen hatten, standen nun wieder Regale und Bücher.

„So viel zu meiner tollen Interviewidee", sagte Ben.

Goldwin schüttelte den Kopf: „Ich hätte ein Foto machen sollen. Dann würde es mir leichter fallen, mir zu glauben."

Darren legte das Kreuz weg und holte erst mal tief Luft. „Er hat darauf komisch reagiert, falls ihr es auch bemerkt habt."

„An dir ist doch noch alles dran, oder?", fragte Ben. Er verdrehte die Augen.

„Heute Nacht würde ich es aber gerne zum Schutz noch behalten", meinte Darren.

Goldwin schaltete das Licht ein. „Kommt, lasst uns noch eine heiße Schokolade trinken. Mir ist kalt. Außerdem könnte ich jetzt ohnehin nicht schlafen."

Ben und Darren gaben ihm recht. Das klang gut.

„Hey ... hey!" Ben machte einen Luftsprung und gestikulierte wild herum. „Wie nenne ich das?"

„Wie nennst du was?", wollte Darren wissen. Er und Goldwin standen unmittelbar hinter Ben. Auf dem Schreibtisch lag ein Brief. *Der* Brief. Ben tippte ihn vorsichtig an, um zu sehen, ob er auch tatsächlich echt war. Er *war* echt. An ihm fehlte nicht das kleinste Fitzelchen.

Geisterhände

Goldwin machte in der großen Küche des Schlosses Milch heiß, gab das Pulver der Trinkschokolade dazu und verteilte es auf drei große Tassen.

Die Jungen waren noch immer absolut hin und weg von ihrem Erlebnis in der Bibliothek. Wer wollte da schon schlafen.

Goldwin erzählte noch einmal, wie Sir Frederick ihn wiedererkannt hatte und Ben freute sich über die wundersame Rückkehr des Briefes. „Dieses Mal hab' ich ihn zugedeckt und ich werde Handschuhe tragen beim Lesen", versprach er.

Es war schon recht spät oder aber sehr früh, als sie sich auf leisen Sohlen aufmachten, um in ihre Zimmer zu gehen.

Zuvor hatten sie allerdings die Küche aufgeräumt und die Tassen abgespült, damit niemandem das benutzte Geschirr auffallen würde.

Darren trug sein Kreuz vor sich her, das Goldwin gleich am nächsten Morgen wieder in die Kapelle zurückhängen wollte.

„Geht das auch weniger auffällig?", flüsterte Ben. „Wie willst du das erklären, wenn uns jemand erwischt?"

Darren murrte irgendwas von *Religiosität* und schlich weiter den Gang entlang.

Sie waren kaum im Bett und hatten ihre Kissen und die Decken zurechtgezogen, da waren auch schon die regelmäßigen Atemzüge des Schlafes zu hören.

***

Am nächsten Tag fiel das Aufstehen nicht gerade leicht. Ben und Darren wälzten sich im Halbschlaf noch einige Male von einer Seite auf die andere. Die Sonne war längst aufgetaucht und der Vormittag bereits in vollem Gange, als ein Klopfen die beiden Langschläfer weckte.

Goldwin stand in Jeans und T-Shirt in der Tür.

„Ihr pennt ja noch", beschwerte er sich und klang dabei auch noch ziemlich munter. „Kommt schon, raus jetzt!"

Ben und Darren schauten einigermaßen belämmert drein.

Goldwin wartete, bis die Freunde sich gewaschen und angezogen hatten, dann machten sich alle auf zum gemeinsamen Frühstück.

„Zuerst bringen wir das Kreuz zurück", sagte Goldwin.

„Und danach kümmern wir uns um den Brief", meinte Ben. „Wie er das wohl gemacht hat? Es war doch bloß noch ein kleiner Haufen Staub übrig." Ben kam das wie ein Wunder vor.

„Was auch immer da drinsteht, es hat Sir Frederick jedenfalls nicht geholfen den Diamanten zu finden, oder?", bemerkte Darren.

„Na ja, vielleicht hat er auch bloß was übersehen", sagte Ben.

„Wartet ihr auf mich? Ich bin gleich zurück." Goldwin wollte endlich Darrens Symbol der Angst wieder an seinen Platz hängen.

Gleich nach dem Frühstück verschwand er und bedeutete Ben und Darren mit erhobenem Daumen kurze Zeit später, dass die Aktion Kruzifix erfolgreich gewesen war.

Als die drei Freunde in die Bibliothek kamen, saß dort schon jemand. Das Schlimmste jedoch war: Dieser Jemand studierte *ihren* Brief.

Ben zog ein Gesicht, als würde gleich die Welt untergehen. Oder als *wäre* sie soeben untergegangen.

Lady Jane reckte fröhlich eine Hand in die Luft, während die andere das Pergament festhielt. „Hallohooo!"

Unter dem Tisch zappelten ihre bestrumpften Füße im Takt eines Liedes, das nur sie allein hören konnte.

„Wir haben echt kein Glück", murmelte Ben und rang sich ein müdes Lächeln ab.

„Vielleicht doch", gab Goldwin zurück.

Darren machte ein fragendes Gesicht, Ben nicht minder.

„Was steht denn in diesem Brief? Wir haben ihn gestern entdeckt, aber er ist für unseren Geschmack ein bisschen komisch geschrieben", sagte Goldwin laut, gab sich jedoch nicht übermäßig interessiert.

Lady Jane Stancliff wackelte unschlüssig mit dem Kopf. „Hm", machte sie. Dann begann die alte Dame ihren Bericht darüber, dass Blut dicker als Wasser war und ein Viscount die folgenden Worte formuliert hatte: *Mein lieber Junge, in Kriegszeiten sind Wärme und Licht deine Verbündeten.*"

„Familienkram", sagte sie und reckte zwei gekreuzte Finger in die Höhe. „Männer! Denen geht es immer um das eine ..." Sie machte eine Pause.

Goldwin hüstelte, Ben schob seine Brille auf die Nase, die dort ohnehin schon perfekt saß, und Darren starrte verlegen auf seine Schuhe.

„Ja, nämlich um Krieg", sagte Lady Jane. „Ah, da kommt noch ein Absatz. Liest sich, als wäre es eine Anweisung. Doch wofür?"

Die Jungen sagten keinen Ton, sondern hofften darauf, die alte Dame möge endlich weiterlesen.

Unter dem Tisch zappelten die Füße der Lady unermüdlich weiter im Takt. „Da steht etwas von einem Diamanten, von irgendeinem Schlüssel und von einem Schild."

„Was für ein Schild denn?", fragte Ben und bemühte sich, ruhig zu bleiben. Über ein Schild hatte da doch gar nichts gestanden.

„Das dürft ihr mich nicht fragen, ich habe mich noch nie für Wappen interessiert", meinte sie. „Hier heißt es: ‚*Die Antwort liegt im Felde mit dem Schlüssel.*' Glaubt ihr etwa, es ist ein Geheimnis? Oh, wie spannend!"

***

Als die drei endlich wieder für sich waren, machte sich Ben daran, den Brief noch einmal zu lesen. Er zog aus der Tasche seiner Jeans ein Stofftaschentuch und tupfte damit über das Pergament.

„Sollte er dieses Mal wieder flöten gehen, ist es bestimmt nicht deine Schuld", meinte Goldwin.

„Von Geisterhand zusammengesetzt, darf er einfach nicht ein zweites Mal *flöten gehen*", sagte Ben und begann zu lesen.

Doch wie schon beim ersten Mal kam er damit nicht weiter. „Es ist Altenglisch, da könnte er genauso gut auch in Griechisch geschrieben sein."

„Da passiert uns etwas derart Ausgeflipptes und wir können es nicht einmal erzählen", warf Darren ein. „Ich dachte zuerst wirklich, ich träume."

Goldwin berührte seine *Pigmentstörung*. „Ausgeflippt trifft es. Wer würde uns schon glauben?"

„Wenn wir den Laval-Diamanten finden, dann wird man uns glauben", behauptete Ben. „Also, noch mal: Wir haben ein Schild, das Teil eines Wappens ist, und die Antwort liegt im Felde mit dem Schlüssel."

„Der Brief hat mit Sicherheit etwas zu bedeuten", meinte Goldwin.

„Wo ist das Buch mit den verschiedenen Wappen? Das war doch auch in dem Ordner, oder?" Darren erinnerte sich, dass dieses Buch gestern ausgerechnet bei den Sachen lag, die auf *seine* Durchsicht warteten.

„Ich hab' die Dinger nie kapiert", gab Goldwin zu. Er deutete auf den Kaminaufsatz. „Das da ist eines der Familienwappen, aber fragt mich nicht, wer es geführt hat. So ein Wappen ist etwas sehr Persönliches, weil es nicht vererbt werden kann und nur für eine lebende Person steht."

„Vielleicht finde ich was. Ich ... also, ich war gestern eigentlich dran mit Lesen", bekannte Darren.

In dem Buch waren die jeweiligen Familien aufgeführt und der Name desjenigen, der den Titel verliehen bekam, daneben eine Zeichnung des Wappens. Und dann gab es da auch noch eine genaue Beschreibung, was alles auf diesen Schildern zu sehen war.

„Hier steht, viele Wappen haben ein Motto oder einen Sinnspruch. Oh Mann, Leute. Das ist echt verwirrend. Kein Lesestoff für mich."

„Du drückst dich bloß wieder", behauptete Ben. „Was versteht man denn unter einem solchen Sinnspruch?"

„Sie beschreiben, wofür der Träger des Wappens steht. Also seine Ziele, aber auch bestimmte Eigenschaften und Leistungen", gab Darren Auskunft. „Und Manche klingen ganz schön machohaft. *Gott ist mein Recht* oder *Lieber tot als Sklave* oder *Einer für alle, alle für einen.*"

Er schaute von seiner Wappensammlung auf. „Einer für alle, alle für einen. Ich dachte immer, das hätten die Musketiere erfunden."

„Das kommt davon, weil du nichts liest. Das hat doch bloß der Autor des Buches behauptet", erwiderte Ben und warf in gespielter Verzweiflung die Arme in die Luft.

„Wieso Buch? Ich rede vom Film", gab Darren zurück, woraufhin von den Freunden nur ein Stöhnen zu vernehmen war.

Goldwin deutete auf das Familienwappen über dem offenen Kamin. „Dann dürfte das hier aber die langweilige Variante sein", sagte er.

Ben stellte sich unter den gemauerten Kamin, um lesen zu können, was auf dem Spruchband stand, das sich unterhalb des Wappens um die Blattverzierungen wand. Zuerst las er es für sich, dann noch einmal laut. „Die Rose, schlafend in ihrem Kleid, schaut den Himmel nicht."

„Ganz schön schwülstig", sagte Darren. „Wofür soll das gut sein? Ein Ziel ist es nicht." Er lachte. „Und eine Eigenschaft ... na ja, was wäre *das* wohl für eine?"

Goldwin, Ben und Darren verbrachten die Zeit bis zum Mittagessen in der Bibliothek. Darren bemühte sich, zwischen all den Wappen und ihren Geschichten eines zu finden, auf dem ein Schlüssel abgebildet war und dazu ein Motto. Eines, das auch einen Sinn ergab. Irgendwie kamen sie einfach nicht weiter.

„Vielleicht ist Queen Mum auch keine Expertin für Altenglisch und in dem Brief ist etwas völlig anderes gemeint." Darren klappte das Register zu. „Meine Augen streiken", erklärte er.

Goldwin sah ihn an, als wolle er Darren hypnotisieren. „Stimmt", sagte er. „Sie haben grade die Schilder aufgestellt. *Außer Dienst.*"

„Hmpf", muffelte Darren.

Die Nacht des Unwetters

Es begann kurz nach dem Mittagessen.

Schon bei Tisch war die Rede davon gewesen, dass ein Sturmtief aufziehen würde, mit dem schwere Regenfällen im Laufe des Tages und der Nacht angekündigt waren.

Innerhalb der dicken Mauern des Schlosses war noch kaum etwas davon zu hören, doch im Freien riss der böige Wind alles, was nicht niet- und nagelfest war, mit sich fort.

Goldwins Vater war in aller Frühe nach London gefahren und hatte sich den Termin für eine Rückkehr nach Caedmon offengehalten. Magnus Nellson besaß für Notfälle ein kleines Appartement in der Stadt.

So waren die drei Jungen im Augenblick neben Fred Astaires ehemaligem Stepppartner die einzigen männlichen Wesen im Schloss.

Ben und Darren waren gerade dabei, ihre Jacken anzuziehen. Sie wollten zusammen mit Goldwin die umliegenden Gebäude erkunden, doch viel zu schnell wurde die Welt um sie herum trüb und dunkel. Dicke, graue Wolken zogen über den Himmel und gleich darauf fielen daraus Regentropfen so groß wie Unterteller.

„Das können wir vergessen", sagte Darren. Er war eben dabei, seine Jacke wieder auszuziehen, da segelten am Fenster vor ihrem Zimmer Wäschestücke vorbei. „Ben ... schau mal", meinte er und deutete auf die wehende Kleidung. Es sah aus, als würde dort die komplette Füllmenge eines Waschautomaten herumgewirbelt. „War das da grade eine Katze?"

„Oh Scheiße! Das war keine Katze, sondern Lady Janes Nerzmuff. Lass die Jacke an, wir machen uns nützlich", rief Ben und rannte zur Tür.

Auf dem Gang kam ihnen Goldwin entgegen und beinahe im gleichen Moment stürzte auch schon Lady Jane Stancliff, ihren

Regenschirm im Anschlag, auf sie zu. „Meine schönen Sachen", jammerte sie.

„Bleiben Sie hier, wir erledigen das", sagte Ben.

„Oh ... Aber dass ihr gut aufpasst. Wie schnell ist etwas ruiniert. Der Muff ist eine Erinnerung an Prince Charles, das Cape ein Geschenk vom Grafen von Norfolk, den Seidenschal bekam ich von Lady Wellington und das Korsett ...“

„Los, lauft. Ich will gar nicht wissen, von wem ihr Korsett ist", meinte Darren.

Der Wind hatte ganze Arbeit geleistet. Überall auf dem Grundstück fanden sich Lady Janes Designergeschenke.

„Bei diesem Wetter hängt doch kein Mensch seine Kleidung auf. Was hatte sie vor?" Goldwin interessierte sich allerdings nicht wirklich dafür.

Die drei beeilten sich alles aufzusammeln, aber es dauerte nicht lange und sie waren trotz ihrer Jacken nass bis auf die Haut.

„Hey, Darren ... Da oben hängt deine Katze!", rief Ben plötzlich und deutete auf eine mächtige Eiche, in deren dichter Krone sich der Nerzmuff verfangen hatte.

„Ausgerechnet. Der gute Prince Charles. Lassen wir ihn hängen? Wir könnten ihn übersehen haben." Darrens Blick bat um Unterstützung.

„Ich weiß nicht. Der Graf von Norfolk wäre ja noch zu verkraften, aber ... Freiwillige vor." Bens Aufforderung wurde mit einem Murren quittiert.

„Mir ist elendskalt", beklagte sich Darren.

„Hab' ich es nie erwähnt? Ich leide an Höhenangst", sagte Goldwin.

„Und meine Brille hat keine Scheibenwischer", meinte Ben. „Okay", lenkte er ein. „Ich versuche es. Vielleicht fällt das Ding runter, wenn man an den Ästen rüttelt."

„Gute Idee." Goldwin lehnte sich mit dem Rücken gegen den dicken Stamm und machte mit seinen Händen eine Räuberleiter für den Freund.

Ben war flink und die Eiche gut gewachsen, sodass seine Füße überall Halt fanden. Den Nerzmuff im Blick, begann er an den Zweigen zu schütteln. Und tatsächlich fiel ihm kurz darauf das Kleidungsstück in die Arme. „Hoffentlich bekommt man den wieder trocken, er muffelt nämlich", rief Ben und warf ihn zu Darren hinunter.

Die Jungen packten sich die Arme voll und liefen mit ihrer Beute zurück zum Schloss. „Hoffentlich war's das", meinte Goldwin. „Ich gehe da jedenfalls nicht mehr raus." Aus seinen Schuhen drang bei jedem Schritt ein grausiges Schmatzen.

„Wer hat ihr Korsett? Also ich nicht!", sagte Darren.

„Keine Ahnung. Ich kann auch gar nichts mehr sehen", antwortete Ben. In seinen Augen schien ein ganzer Ozean zu schwimmen.

Endlich tauchte das Schlossportal vor ihnen auf.

„Ein Feuer im Kamin wäre jetzt super", schwärmte Darren, woraufhin Ben seufzte: „Ein schönes Bad und dazu Goldwins heiße Schokolade".

Er war der Letzte und schloss die Türen hinter sich.

In der Halle empfing sie kuschelige Wärme. Jemand konnte wohl Gedanken lesen. Es roch süß nach Kuchen und Gebäck.

Goldwin, Ben und Darren waren gerade dabei, ihre Fundstücke zu präsentieren, doch bevor Lady Jane sich von der Unversehrtheit ihrer Kleidung überzeugen konnte, tat es einen Knall und es wurde dunkel.

„Der Geist!", schrie die alte Dame und zupfte an Goldwins Jacke, aber der sagte schlicht: „Stromausfall."

Im Kamin in der Bibliothek brannte tatsächlich ein Feuer. Vanessa Nellson hatte die Couch beiseitegeschoben und den Jungen aus Kissen ein Lager gebaut. „Zieht schnell die nassen Sachen aus und macht es euch gemütlich. Ich habe eure Schlafanzüge geholt, weil ich etwas anderes auf die Schnelle nicht finden konnte. Wir werden bestimmt noch eine ganze Weile ohne Strom sein." Sie drehte sich an der Tür noch einmal um, ihr Blick war nachdenklich. „Dieser Brief … Ich würde zu gerne wissen, wie ihr das gemacht habt", sagte sie.

„Das würdest du nicht glauben", entgegnete Goldwin. „Es wäre aber gut möglich, dass wir dir die Geschichte erzählen."

Vanessa Nellson nickte lächelnd. „Ihr wollt sicher nicht gestört werden", meinte sie und ihre Lippen formten ein lautloses *Lady Jane*. „Schließt einfach ab."

Ben, Goldwin und Darren befolgten zuerst den Rat, die nasse Kleidung endlich loszuwerden, zogen die Schlafanzüge an, danach drehten sie den Schlüssel im Schloss herum.

Im Zimmer sorgten eine Öllampe und einige Kerzen für gedämpftes Licht.

Draußen schien der Sturm währenddessen immer heftiger zu werden. Der Wind fing sich in den Zwischenräumen des alten Gemäuers und sein Heulen klang, als wäre jemand in ernsthaften Schwierigkeiten.

Regen peitschte die Bäume und schlug horizontal gegen die Fenster und Türen. Dann waren ein Knacken und ein gewaltiger Rumms zu hören.

Darren war aufgestanden, um zu schauen, was los war. „Oh", setzte er an. „Das ist gemein. Mit Baumsterben ist eigentlich was anderes gemeint."

Einige Äste ragten mit ihren Blättern in Richtung der großen Terrassentüren der Bibliothek.

Goldwin lud sich unbeeindruckt noch ein Stück Kuchen auf seinen Teller. „Wenn ein Baum bei einem Sturm umfällt, dann bedeutet das eigentlich, dass er schon vorher kaputt war. Von innen heraus."

„Schon, aber dieser hier hat Lady Wellington im Gepäck. Bevor jemand fragt, ich hab' nichts gesehen." Lady Janes Seidenschal flatterte zwischen den Blättern im Wind.

Darren legte sich eine Hand vor die Augen, um seiner Behauptung Nachdruck zu verleihen, und tappte zu seinem Kissenstapel zurück.

Zum Abendessen mussten sie sich natürlich umziehen. Auf der langen Tafel im Rittersaal waren Kerzen angezündet worden.

Die Flammen tanzten auf den Gesichtern und verliehen ihnen einen unwirklichen Glanz. Die Jungen hatten sich ein wenig herumgedrückt, bis Lady Jane an dem einen Tischende saß – und setzten sich ans andere.

„Gut, dass der Herd in der Schlossküche auch ohne Strom funktioniert", meinte Ben und tunkte sein Brot in die Sauce.

„Wie kann es sein, dass du Hunger hast? Nach all dem Süßkram", staunte Darren.

„Der Süßkram hilft mir bloß beim Denken, ist nichts für den Hunger", gab Ben munter kauend zurück.

„Und was denkst du dir?", wollte Goldwin wissen.

„Ich dachte an Sir Frederick und seine Suche", sagte Ben. „Was wird passieren, wenn wir den Diamanten finden?"

„Sieht bisher nicht danach aus", meinte Darren.

Goldwin hob die Schultern: „Wovon redest du?"

Ben legte sein Besteck auf den Teller und nahm die Serviette. „Angenommen, er *muss* den Laval-Diamanten finden. Er hat vielleicht keine Wahl. So etwas wie ein Fluch? Dann entdecken wir nicht nur den Diamanten, sondern wir erlösen auch noch einen Geist."

„Ja, wir sind echte Helden!", behauptete Goldwin lachend.

Die drei Freunde wollten sich nach dem Essen ein wenig die Beine vertreten.

„Lassen wir uns ein bisschen das Gehirn durchpusten", schlug Ben vor.

Am Nachmittag war der Gedanke, bei diesem Wetter im Freien zu sein, ein unangenehmer gewesen, doch mit vollem Magen und wieder trocken erschien ihnen ein kleiner Ausflug ins Gelände längst nicht mehr dramatisch.

Da ihre Jacken immer noch ein wenig klamm von der Nässe waren, zogen sie über die T-Shirts kurzerhand dicke Pullis.

Mit einer Taschenlampe bewaffnet machten sich die Jungen

auf nach draußen. Es stürmte immer noch, aber wenigstens hatte der Regen aufgehört.

„Leuchte mal kurz hierher", bat Darren Goldwin.

Er marschierte auf den gefallenen Baum zu, der mit seinen Ästen bis auf die Terrasse reichte und versuchte Lady Wellington zu befreien. „Na, komm schon, du blödes Ding", schimpfte er. Als er den Schal schließlich herausziehen konnte, war die schöne Seide nurmehr ein Geflecht aus Fäden . Darren knautschte den Schal zusammen.

„Wir konnten immerhin Prince Charles retten", bemerkte Ben.

Als es wieder unangenehm zu pusten begann, lenkte Goldwin den Strahl der Taschenlampe zum Schloss zurück. Sie hatten kaum die Sicherheit des Portals erreicht, da begann es erneut zu regnen. Innerhalb kürzester Zeit hämmerten längliche Tropfen wie Nägel auf die Welt ein.

Sie hatten angekündigt, die Bibliothek erneut in Beschlag nehmen zu wollen. Womöglich gab es dort ja noch etwas zu entdecken.

„Bin gleich zurück", sagte Darren, der sich die Taschenlampe schnappte und mit seinem nassen Knäuel den nächsten Abfalleimer ansteuerte. Noch hatte ihn niemand gesehen.

Er klappte gerade den Deckel auf, da schlug ihm eine Hand auf die Finger. Vor Schreck ließ Darren den Schal los, den er ohnehin hatte hineinwerfen wollen.

„Das ist doch ... du Bengel!", wetterte Lady Jane.

„Es war nicht meine Schuld und es ist nicht so, wie Sie denken", rechtfertigte sich Darren. „Lady Wellington ist ohnehin hinüber."

„Also wirklich, so was Freches!", beschwerte sich die alte Dame.

Darren versuchte seine Hand wegzuziehen, doch jetzt donnerte der Deckel schmerzhaft auf seine Finger.

„Au!", rief er aus, drehte sich, so schnell er konnte, weg vom Ort des Grauens und begann zu laufen. Hinter sich hörte er Lady Jane schimpfen: „Zerstörer ..."

Ihre schrille Stimme schien ihn zu verfolgen. Und Darren musste daran denken, dass diese Lady ihm unlängst noch ehrlich leidgetan hatte.

***

Der Gang lag zur Hälfte im Dunkeln, nur eine Petroleumlampe verteilte ihr Licht nach beiden Seiten.

Währenddessen war Goldwin gerade dabei, in der Bibliothek neue Kerzen anzuzünden. „Ich glaube, ich hab' was gehört", meinte er. „Da schreit doch jemand."

„Wir klappen die Ohren runter", schlug Ben vor. „Ich mag gar nichts mehr hören." Er nahm zwei der großen Leuchter und stellte sie auf den Kaminsims.

„Wo bleibt denn Darren?", fragte er.

Gummisohlen quietschten, dann wurde die Tür aufgestoßen, als würde jemand um sein Leben laufen.

Darren schoss mit erhobener Taschenlampe ins Zimmer und prallte gegen Ben. Der Schwung ließ beide nach hinten kippen und Ben landete unsanft mit dem Hinterteil auf dem Boden, während Darren auf ihm zu liegen kam.

„Bist du auf der Flucht?", maulte Ben und fischte nach seiner Brille, die durch den Sturz jetzt auf seinem Kopf saß.

Darren rappelte sich hoch. „Könnte man so sagen." Er rieb sich die Hand. „Lady Jane hat mich erwischt, als ich ihre Lady Wellington entsorgen wollte. Also, für heute habe ich echt die Nase voll." Er zog sich den Pulli über den Kopf und legte ihn auf die Couch.

Ben hatte sein Brillengestell wieder dorthin geschoben, wo es hingehörte.

Er war eben dabei aufzustehen, als ihm etwas Eigenartiges auffiel. Sein ausgestreckter Finger deutete auf das Wappen über dem Kamin.

„Goldwin ... War das schon die ganze Zeit über da?"

73

Goldwins Blick folgte dem Finger. „Du hast diese Inschrift doch schon vorgelesen. Die Rose und so weiter."

„Du musst *genau* hinsehen!", sagte Ben.

„Das ist neu", meinte Darren. „Da war nämlich gar nichts. Nur ein weiß-goldenes Feld."

Im Schein der Flammen war nun in diesem Feld ein Schlüssel zu erkennen.

Darren hatte es auch bemerkt. „Hab ich es nicht gesagt?", wollte er sich bestätigt wissen. „Das Licht. Und schrieb der Viscount nicht etwas von *Wärme und Licht als Verbündete in Kriegszeiten?* Na, wenn das kein Hinweis ist!", jauchzte er aufgeregt.

„Der Viscount war ein schlauer Fuchs." Goldwin berührte das Wappen. Dann nahm er die beiden Kerzenleuchter fort und mit dem Licht verschwand auch der Schlüssel. Das weiß-goldene Feld war leer wie zuvor.

Die Rose, schlafend in ihrem Kleid, schaut den Himmel nicht

Im Schatten des Kreuzes

„Hat jemand mal ein Blatt Papier? Wir müssen das aufzeichnen und festhalten", erklärte Ben „Morgen haben wir womöglich wieder Strom und im künstlichen Licht ist davon nichts mehr zu erkennen." Er klatsche freudig in die Hände.

„Ein Rätsel für unseren Ben", sagte Goldwin.

Sie stellten die Leuchter zurück auf dem Kaminsims und mit dem Kerzenlicht kehrte auch der Schlüssel zurück.

„Die Antwort liegt im Felde mit dem Schlüssel", gab Darren Lady Janes Übersetzung des Briefes wieder. „*Welche* Antwort?"

„Und wenn das hier die ganze Nacht dauert ... Ich schlafe nicht eher, bis ich das herausgefunden habe." Ben begann, das Wappen abzumalen. Er bemühte sich, alles, was er sah, zu Papier zu bringen.

„Eine Antwort", wiederholte Goldwin. „ Na, dann stellen wir doch mal eine Frage", schlug er vor.

„Wird mich Lady Jane umbringen?", warf Darren ein.

„Hasenfuß", sagte Ben.

„Ihr werdet es sehenmich und meine Ideen echt schmerzlich vermissen, wenn sie mich mit ihrem Regenschirm aufspießt."

„Schon klar, du Märtyrer. Was brennt uns auf den Nägeln und was kann nur der Viscount beantworten? Das Versteck des Laval-Diamanten", brachte es Ben auf den Punkt.

„Ich finde Rätsel auch ganz toll", muffelte Darren.

„Wohin zeigt der Schlüssel? Kommt, strengt eure müden Hirne ein bisschen an", forderte Ben die Freunde auf.

„Auf die Rose und auf das Spruchband. Also wieder eine Rose", sagte Goldwin.

Das Schild auf dem Wappen war halbgeteilt. Rechts eine weiß-goldene Quadrierung, links eine Spaltung, gold-schwarz mit roter Rose. Im Spruchband die Worte: *Die Rose, schlafend in ihrem Kleid, schaut den Himmel nicht.*

Bens Augen verfolgten den Weg des Schlüssels. Goldwin hatte bestimmt recht. Sonst gab es nichts Bemerkenswertes.

„Eine Rose, die schläft ... Also, wir haben Rosen im Gewächshaus", überlegte Goldwin laut.

„Und in der Kapelle sind auch welche. Die sind aus Holz oder so", meinte Darren.

„Dann steht unser morgiges Programm", sagte Ben. „Wobei ich sagen würde, das Gewächshaus können wir vergessen. Das ist doch bestimmt noch gar nicht so alt. Aber die Kapelle schon." Er wirkte, als könne er es kaum erwarten mit der Suche zu beginnen.

„Er macht schon wieder Haifischaugen", bemerkte Darren.

„Iiich?!", fragte Ben und Goldwin übersetzte: „Dein gefräßiger Blick!"

Die drei Freunde wünschten einander auf dem Gang im ersten Stock eine gute Nacht. Sie hatten gar nicht bemerkt, wie müde sie waren. Der Sturm und der Kampf um Lady Janes Wäsche hatten sie einige Energie gekostet.

„Ist euch eigentlich klar, dass wir überhaupt nicht wissen, wie dieser Laval-Diamant aussieht?" Goldwin war dieser Gedanke eben erst gekommen.

„Deine Mum weiß es vielleicht?", fragte Ben.

„Kann schon sein. Alles weitere morgen", schlug Goldwin vor und hob eine Hand zum Gruß, bevor er zwischen den Schatten verschwand.

Der Sturm hatte sich zwar etwas abgeschwächt, aber es gab nach wie vor kein elektrisches Licht. Und so hatten sich Ben und Darren einen zweiarmigen Leuchter geschnappt, um unfallfrei auf ihr Zimmer zu kommen.

Nachdem die Kerzen ausgepustet waren, unterhielten sich die beiden noch eine Weile. Über die seltsame Sache mit dem Licht und dem Erscheinen des Schlüssels und ob sie Goldwins Eltern in ihr Vorhaben einweihen sollten.

Doch bald darauf herrschte einvernehmliche Ruhe zwischen den Kissen.

***

Am kommenden Morgen wurde erstmals das ganze Ausmaß des Sturmschadens sichtbar. Ein bunter Blattteppich bedeckte das Gras. Überall sah man heruntergefallene Äste und sogar einige der Dachziegel lagen zerschmettert am Boden.

Die drei Abenteurer wollten zuerst beim Aufräumen helfen, danach Goldwins Mum wegen des Diamanten fragen und anschließend einen Rundumblick in die Kapelle werfen, die eigentlich eine Kirche war.

Die Beseitigung des Chaos nahm einige Zeit in Anspruch. Am Ende waren die Jungen ziemlich erledigt, aber gerade Ben und Darren fanden, so könnten sie sich für die Einladung, das gute Essen und das königliche Himmelbett wenigstens ein bisschen revanchieren.

„Quid pro quo", erklärte Ben.

„Dieses für das ... Wozu denn? Kost und Logis sind frei. Leute, ihr seid *eingeladen*." Goldwin betonte das letzte Wort und schüttelte den Kopf.

„Das ist ein Rechtsgrundsatz und ein ökonomisches Prinzip, nach dem jemand, der etwas gibt, dafür eine Gegenleistung bekommen sollte." Ben warf sich in die Brust.

„Das stammt doch nicht von dir", meinte Darren.

„Aber es klingt trotzdem gut, oder?", gab Ben zurück.

Nachdem die Helfer ins Schloss zurückkamen, war auch der Strom wieder da. „Wir befinden uns zurück im Hier und Jetzt", meinte Vanesssa Nellson und klang dabei sehr erleichtert. „Ihr wart großartig", sagte sie und schenkte allen ein Lächeln.

„Wann ist es denn Zeit für eure Geschichte?", wollte sie dann von Goldwin, Ben und Darren wissen.

„Mit Ihrer Hilfe hoffentlich schon bald", entgegnete Ben und erntete einen fragenden Blick.

„Wissen Sie vielleicht, wie der Laval-Diamant ausgesehen haben könnte?", fragte er weiter.

Vanessa Nellson schien einen Augenblick zu überlegen, dann hob sie eine Hand und sagte: „Wartet, in der Bibliothek müsste es ein Buch mit einer Abbildung geben. Um diesen Diamanten ranken sich die abenteuerlichsten Geschichten. Er soll sogar einst als Schmuck für eine Kopfbedeckung gedient haben, um die Kahlköpfigkeit des französischen Königs zu verbergen."

„Irgendwie führen alle Wege in die Bibliothek", meinte Darren.

„Dann bin ich mal gespannt auf die Auflösung eines Jahrhunderte alten Rätsels", sagte Vanessa Nellson und machte sich auf die Suche nach dem Buch.

Sie strich mit der Fingerkuppe über die Rücken, las die Titel, zog einige Bücher heraus und stellte sie wieder zurück.

Die gravierten Messingschilder an den Regalen beschrieben die verschiedenen Gebiete. Es war alles vorhanden. Von Zeitgeschichte über Wissenschaft und Medizin bis hin zur Romanliteratur.

Es dauerte nicht allzu lange und Goldwins Mum reckte den schmalen Band triumphierend in die Höhe. „Wie es heißt, wird hier eine interessante, facettenreiche, verworrene und komplizierte Geschichte erzählt." Vanessa Nellson musste über die entsetzen Gesichter der Jungen lachen.

„Uns würde es schon genügen, zu wissen, wie der Diamant aussieht", erklärte Darren schnell, dem ungute Dinge schwanten.

„Du liest wohl nicht gern", stellte Goldwins Mum fest.

„Verworrenes und Kompliziertes nur unter Zwang", gab Darren zurück.

Ben schlug den Band auf. Bereits nach den ersten Absätzen leuchtete sein Gesicht.

Darren stupste ihn an. „Was ist denn jetzt?"

„Gleich. Das hier ist nicht unspannend. So ein bisschen Geschichte *neben* der Geschichte eben. Ist ja gigantisch, welchen Weg der Diamant über die Zeit zurückgelegt hat und wer ihn alles besaß."

Ben zeichnete für die Freunde einen knappen Umriss, in dem es um eine geheime politische Mission ging.

Aus diesem wichtigen Grund war der Diamant schließlich einem Boten anvertraut worden, doch offenbar verfolgten Diebe den Mann und der Diamant kam nie an seinem Bestimmungsort an.

Der König aber vertraute seinem Boten und ließ nach ihm suchen, so Ben.

„Man fand seine Leiche. Und jetzt ratet mal, wo sich der Stein befand!", animierte Ben die anderen.

Goldwin antwortete: „Wenn du so fragst, ist es entweder grausig oder abgehoben."

„Grausig", gab Ben zurück.

„Dann interessiert es uns nicht", meinte Darren.

„Tut es doch!", widersprach Goldwin.

„Der Diamant war in seinem Magen", löste Ben auf.

„Bäh! Daran werde ich im Ernstfall ganz sicher zuerst denken müssen. Schönen Dank", maulte Darren. Der Ernstfall beschrieb natürlich die Entdeckung des Diamanten.

„Was bist du denn so empfindlich?", wollte Ben wissen.

„Empfindlich? Ich will jedenfalls nichts in die Hand nehmen, das ein anderer schon im Magen hatte." Darren zog die Nase hoch.

„Gut, weiter ..." Ben überblätterte die Historie, bis er zur Beschreibung des gelben Diamanten kam. Es gab außerdem eine Federzeichnung, die jedoch den Glanz und die Schönheit des Steins lediglich anzudeuten vermochte.

„Das müsst ihr euch ansehen. Ein Foto ist es natürlich nicht, aber ..." Seine Stimme klang, als wäre das bereits ihre erste, ernst zu nehmende Spur.

„Je länger ich das hier anschaue, desto weniger glaube ich, dass ausgerechnet *wir* ihn finden", bekannte Darren.

Goldwin dagegen meinte: „Sehen wir in der Kapelle nach, Freunde!" Er nahm frische Kerzen aus einer der Schubladen.

„Hier", sagte er und drückte Ben und Darren je einen kleinen Kerzenleuchter in die Hand.

Zwar gab es im Schloss wieder elektrisches Licht, doch eine Kapelle verfügt nicht über derlei Annehmlichkeiten, auch nicht im Hier und Jetzt.

Und so traten die drei ein in die Düsternis, die lediglich von Buntglasfenstern erhellt wurde, welche ihre ureigenen Geschichten von Rittern, Kampfszenen, Heiligen und Frauen in langen Gewändern erzählten.

Ben hatte die Zeichnung des Wappens auf dem Kamin und den Wortlaut des Spruchbandes in der Hosentasche seiner Jeans verstaut. Er war der Meinung, sie würden beides brauchen.

Die Freunde teilten sich auf und jeder fahndete im Schein der Kerzen in einem anderen Winkel nach etwas, das nach einer Rose aussah.

Schon bald kamen ihnen Zweifel und Darren meinte: „Das ist nicht logisch." Er setzte sich in einer der geschnitzten Kirchenbänke.

Goldwin nickte. „Stimmt schon. Es ist so lange her, da muss das Versteck schon ein verdammt gutes sein. Und Kirchen sind kein sicherer Ort."

„Das lass mal nur keinen Geistlichen hören", scherzte Ben.

Der Nachmittag schleppte sich dahin.

Goldwin, Darren und Ben suchten an sämtlichen Plätzen, an denen es Rosen gab. Obwohl sie nun wussten, wie der gelbe Diamant aussah, wollte sich einfach keine Gemeinsamkeit finden lassen. Hatten sie eine Rose gesichtet, stimmten das Kleid und der Himmel nicht.

„Vielleicht machen wir für heute Schluss", schlug Darren vor.

„Ich werde noch mal kräftig grübeln", versprach Ben.

Sie gingen zurück zum Schloss, wo die letzten dünnen Sonnenfäden durch das große Fenster im Treppenaufgang hereinfielen.

Von einem der oberen Absätze war verhaltenes Schluchzen zu

hören. Goldwin blieb stehen. „Das hört sich nach Lady Jane an",
flüsterte er.

Darren verzog zwar den Mund, aber die alte Dame sich selbst
überlassen wollte er dann auch nicht. Und so nahm er todesmutig die ersten beiden Stufen.

Weiter kam er nicht, denn plötzlich schien es wieder abwärts
zu gehen. Man hatte den Eindruck, Darren stand auf einer Roll-
treppe. „Oh, oh ... woooh", japste er. Goldwin und Ben zögerten
keine Sekunde. Sie stürmten vorwärts und stützten den Freund,
bevor er rückwärts kippen würde und dabei Gefahr lief, sich
ernsthaft zu verletzen.

Lady Jane war aufgesprungen. Sie war weiß wie die Wand und
ihr Atem ging wie bei einer Dampflok. „Mein Lieber, du hast dir
doch nichts getan, nicht wahr?" *Mein Lieber*, wo sie ihn doch am
Vorabend noch hysterisch schreiend einen Zerstörer genannt
hatte.

Darren hockte auf einer der Stufen und streckte eine Hand
aus. Kleine weiße Kugeln lagen verstreut auf den Stufen. „Nein,
habe ich nicht", gab er zurück. Am liebsten hätte er hinzugefügt:
*Egal, ob man die Absicht hat, jemanden zu erschlagen, oder ihn zu
Fall bringen will – beides ist Mord.*

Sie wollte offenbar nach ihm sehen, denn sie setzte bereits einen Fuß auf die nächste Stufe. Einen Fuß, der in hochhackigen
Schuhen steckte.

„Nein, nein, alles in Ordnung, alles okay. Bleiben Sie um Himmels Willen, wo Sie sind." Nicht auszudenken, wenn die alte
Dame mit diesen Schuhen auf eine der Kugeln treten würde. Was
war das überhaupt?

„Was ist denn vorgefallen?", erkundigte sich Goldwin.

„Goldwin, nun komm mir nicht blind! *Vorgefallen*." Lady Jane
Stancliff artikulierte das letzte Wort überdeutlich, dann schnüf-
felte sie noch einige Male und wischte sich über die geröteten Augen. Sie deutete auf die herumliegenden Kugeln. „Das da war vor
Kurzem noch meine Perlenkette."

„Wenn wir alle Perlen aufsammeln, könnte man daraus dann eine neue machen lassen?" Ben dachte praktisch.

Lady Jane Stancliff fasste sich an den Hals, um den noch Reste einer Schnur hingen. „Dann aber mal flott, dass ihr auch alle wiederfindet", sagte sie, drehte sich um und lief flink die Treppenstufen hinauf. Oben angekommen, wandte sie sich noch einmal um. „Ihr seid liebe Jungs."

„Gut, dass sie *das* jetzt noch hinzugefügt hat, sonst könnte sie schön alles selber aufsammeln", meinte Darren. „Sie macht nur Probleme."

„Da hättet ihr sie im vergangenen Sommer erleben sollen", begann Goldwin. „Sie ist mondsüchtig oder wie man das nennt. Jedenfalls marschierte sie bei Vollmond los. Wir haben sie oben auf dem Turm aufgegabelt", erzählte Goldwin.

„An Langeweile leidet ihr sicherlich nicht", stellte Ben fest.

Die drei Jungen bemühten sich in der nächsten halben Stunde, sämtliche Mitglieder der Kette wieder einzufangen; auch die, die sich im hintersten Winkel unten im Gang versteckt hatten. Die verlorenen Perlen landeten schließlich in einer Porzellanschüssel.

„Gehen wir mal davon aus, dass die Anzahl passt", meinte Darren und gemeinsam schlugen sie den Weg in den Ostflügel ein.

Sie sagten sich, dass es besser wäre, gar nicht zuzuhören, denn ein überschwängliches Dankeschön war von Lady Jane gewiss keines zu erwarten. Es gab auch keines, dafür aber für jeden eine Umarmung und einen Kuss auf die Wange.

„Wir sehen garantiert süß aus!" Ben rieb anschließend wie ein Aussätziger am Lippenstiftabdruck.

„Rosa!", muffelte Darren. „Ist wahrscheinlich ihre Art, Dankbarkeit zu zeigen."

Goldwin grinste. „Zum Glück wart ihr zuerst dran, da war bei mir bestimmt nicht mehr so viel Farbe übrig."

Zigarillos aus Havanna

Da Lady Jane früher am Abend verkündet hatte, ein Schlafmittel nehmen zu wollen, um *diesen aufdringlichen Geist* nicht hören zu müssen, konnten die drei Freunde sicher sein, dass für den Rest dieses Tages keine neuen Herausforderungen auf sie einstürzen würden.

Leise klassische Musik war aus der Bibliothek zu hören und dazwischen eine Stimme, die dieses Mal kein bisschen ärgerlich klang. Magnus Nellson befand sich mitten in einer Unterhaltung mit Sir Frederick, in der Goldwins Vater dem Gespenst von London erzählte und davon, dass die meisten Kriege heutzutage vom Schreibtisch aus geführt wurden.

Es war eine einseitige Unterhaltung, doch im Schloss herrschte einvernehmliche Ruhe. Keine Möbel wurden in Umzugsmanier durch die Gegend geschoben, nirgendwo waren schwere Schritte zu hören und niemand brauchte sich über durchwühlte Schränke und Kommoden ärgern.

Die drei drückten sich ein wenig unentschlossen vor der Tür herum. „Mein Dad kennt Sir Frederick schon sein ganzes Leben. Er ist ein bisschen wie ein Freund, denke ich. Und Freunde teilen Gutes und Schlechtes oder liege ich da falsch?", meinte Goldwin.

Ben deutete auf das Buch mit der beeindruckenden Federzeichnung, das auf dem Beistelltisch lag. Ben hatte in seiner Aufregung, endlich mit der Suche zu beginnen, vergessen, den Band um die Geschichte des Laval-Diamanten ins Regal zurückzustellen. Offenbar hatte Goldwins Vater ein bisschen darin gelesen.

Magnus Nellson schmauchte eine dicke Zigarre. Rauchkringel stiegen in die Luft, die ein wenig an die aus dem Nebel auftauchende Gestalt von Sir Frederick erinnerten.

Goldwins Dad hielt einen Cognacschwenker in einer Hand, den er gedankenverloren drehte. Die bernsteinfarbene Flüssigkeit darin schwappte im Fluss der Bewegung von einer Seite zur anderen.

„Rein mit euch, nicht so schüchtern", forderte Magnus Nellson die Jungen auf. „Man hört ja die tollsten Dinge!", sagte er.

Goldwin zuckte die Schultern. „Welche denn?"

„Na, von der Wäsche-Rettungsaktion. Muss schon sagen, sehr mutig von euch." Ein schelmisches Funkeln trat in seine Augen.

Goldwin machte ein beleidigtes Gesicht.

Ben und Darren wussten nicht, was sie darauf sagen sollten, sie hatten bloß helfen wollen. War es überhaupt ernst gemeint? Es klang nicht danach.

Bei Goldwins Dad hörte es sich eher so an, als wären alle Jungs geradezu verrückt danach, Damenwäsche von Bäumen zu pflücken.

„Du nimmst uns nicht ernst, Dad, oder?" Goldwin klang enttäuscht. Er war kurz davor, seinem Vater von den Porzellandosen zu erzählen, doch dann schluckte er einfach ein paar Mal und ließ es bleiben.

Magnus Nellson war der veränderte Tonfall scheinbar nicht entgangen. „Nur Spaß, in Ordnung? Ihr habt Lady Jane wirklich einen riesigen Gefallen getan, sie hängt ganz unglaublich an diesen Sachen." Und als keiner der drei reagierte, fuhr er fort: „Jetzt setzt euch endlich. Mir kam da außerdem zu Ohren, ihr sucht nach dem lange verschollenen Laval-Diamanten."

Ben und Darren ließen sich nicht länger bitten. Und auch Goldwin wollte kein Miesmacher sein. Sie zogen sich jeder einen der Sessel heran und begannen, ihre Geschichte zu erzählen.

Jetzt hatten sie Magnus Nellsons Aufmerksamkeit. Die Belustigung, mit der er sie zuvor noch gemustert hatte, war inzwischen einem gespannten Interesse gewichen.

„Es dauert nur einen Moment. Hoffentlich klappt es." Goldwin stand auf und machte Ben und Darren ein Zeichen.

„Klappt was?", erkundigte sich Magnus Nellson, doch er bekam keine Antwort. Die Jungen zündeten Kerzen an und verteilten die schweren Leuchter im Raum, dann schaltete Goldwin überall das Licht aus.

Magnus Nellson ließ seinen Blick ein wenig unschlüssig durch die Bibliothek wandern. „Darf ich fragen, wofür das gut ist?", wollte er wissen, doch noch immer bekam er keine Antwort.

„Frederick, du wirst mir helfen müssen", bat er. Es war eigentlich als Scherz gedacht, doch plötzlich lenkte eine flackernde Kerzenflamme auf dem Kaminsims seinen Blick auf das Wappen darüber. „Wie habt ihr *das* gemacht?"

Goldwins Dad sprang auf, als hätte ihn etwas in den Allerwertesten gestochen. „Frederick, wusstest du davon?"

Magnus Nellson hätte beinahe den Cognac verschüttet, als er in fliehender Eile den Beistelltisch umrundete. Die Zigarre hing vor sich hin glimmend zwischen Daumen, Zeige- und Mittelfinger. „Ich wusste nie, ob ich die Geschichte glauben sollte." Er sprach leise, als würde er mit sich selbst reden. Dann wurde er ein wenig lauter. „Jungs, das wäre eine echte Sensation!", sagte er und das Funkeln in seinem Blick war nun ein aufgeregt-freudiges.

Ben, Darren und Goldwin verbrachten den restlichen Abend damit, Magnus Nellson von ihren Recherchen, den alten Familiendokumenten und dem Brief mit seinem rätselhaften Inhalt zu erzählen. Natürlich vergaßen sie auch nicht, die Bedeutung des Stromausfalls zu erwähnen und ihre nachfolgende Entdeckung, dass das veränderte Licht ein Geheimnis offenbarte.

„Da bin ich grade mal zwei Tage in London und schon muss die Geschichte unserer Familie neu geschrieben werden."

Er ging zu einer Glasvitrine, steckte einen kleinen Schlüssel hinein und griff nach einem hölzernen Kästchen. Es war ein Humidor. Goldwins Dad hob den Deckel. Unter klimatisch einwandfreien Bedingungen lagerten da teure Zigarren und Zigarillos aus Kuba, Costa Rica und der Dominikanischen Republik. Magnus Nellson nahm drei schlanke Zigarillos heraus und reichte Goldwin, Ben und Darren je einen.

„So ein bisschen Tabak bringt niemanden um. Ich muss nicht eigens erwähnen, dass das unter uns bleibt!"

Die drei nickten einvernehmlich. Magnus Nellson zeigte ihnen, wie ein Zigarillo gepafft wurde.

„Der Rauch wird nicht eingeatmet, sonst bekommt ihr mir einen Hustenanfall. Also, keine Experimente!", warnte er und gab ihnen mit einem langen Streichholz Feuer.

Der befürchtete Hustenanfall blieb aus, aber Darren wirkte mit einem Mal grünlich im Gesicht und auch Ben und Goldwin machten nach nicht einmal der Hälfte des Zigarillos einen alles andere als gesunden Eindruck.

Magnus Nellson besah sich das Ergebnis und schüttelte den Kopf. „Es waren ganz milde", lautete seine Rechtfertigung.

„Am besten wandert ihr schnellstens ab ins Bett. Ist euch schlecht? Tut mir leid. Licht braucht ihr keines zu machen, ihr leuchtet ganz sicher im Dunkeln."

Keiner der drei fand die Bemerkung sonderlich witzig. Natürlich hatten sie alle schon mal geraucht, doch weder Ben noch Goldwin oder Darren hatten die Zigaretten, die sie probierten, geschmeckt. Und cool war daran ohnehin nichts.

Von Goldwins Dad nicht wie Kinder behandelt zu werden, das war anfangs schon toll gewesen, aber der Effekt gefiel ihnen nun gar nicht. Und es gab noch jemanden, dem das nicht gefiel.

„Also wirklich, was denkst du dir dabei, Mag?" Vanessa Nellson, die mit einem Mal in der Tür stand, schimpfte und nannte Goldwins Vater bei seinem Spitznamen.

„Es ist ja nicht so, dass hier geraucht wird!", behauptete Magnus Nellson.

„Nein, natürlich nicht. Das Kaminfeuer ist schuld an der dicken Luft", sagte Goldwins Mum und wedelte mit der Hand herum.

„Wir gehen dann mal", verkündete Goldwin, der so gar keine Lust auf eine Predigt verspürte. Wenn, dann hatte die sein Vater verdient.

Und Vanessa Nellson sah aus, als würde sie zu dem Vorfall noch einiges sagen wollen. „Gute Nacht allerseits."

Ben und Darren schlossen sich dem Freund in Lichtgeschwindigkeit an.

„Mir ist gar nicht mehr gut", meinte Darren. „Meine Zunge ist richtig dick. Habt ihr das auch?"

„Ja. Können wir was zu trinken mit nach oben nehmen?", bat Ben. Er war ungewohnt leise.

„Ich fühle mich wie ein Verschollener in der Wüste", bekannte Goldwin, während er für seine Freunde eine Flasche Wasser holte und sich selbst auch gleich eine mitbrachte.

Ben und Darren wünschten Goldwin eine gute Nacht.

„Goldwins Dad hat recht, Licht brauchen wir keins." In ihrem Zimmer angekommen, strampelte sich Darren die Jeans von den Beinen und lief ins Bad.

Geredet wurde anschließend nicht mehr viel. Die beiden lagen in ihrem Himmelbett und hin und wieder langte eine Hand nach der Wasserflasche. Sie hatten es versäumt, die Vorhänge vor die Fenster zu ziehen, weshalb der Mond jetzt gnadenlos ins Zimmer leuchtete. Doch weder Ben noch Darren verspürten große Lust, deshalb noch einmal aufzustehen.

Irgendwann kroch ihnen der Schlaf in die Glieder und für die Dauer von ein paar Stunden blieb alles friedlich und ruhig im Schloss ...

***

Als Ben aufwachte, war sein Mund so trocken, dass er meinte auf einem Stück Stoff herumzukauen. Er stöhnte, drehte sich zur Seite und griff nach der Flasche – leer. „Verdammt!" Er würde sie einfach mit Wasser aus der Leitung auffüllen, aber dazu musste er aufstehen. Der Mond war inzwischen weitergewandert, sein Licht stach einem in den Augen. Ben würde bei der Gelegenheit gleich noch die Vorhänge zuziehen.

Er setzte seine Brille auf, packte sich die Flasche und marschierte ins Bad. Ben ließ das Wasser zuerst ein paar Augenblicke aus der Leitung laufen.

Vom Badfenster aus konnte man zum Turm auf der Ostseite des Schlosses und zu dessen Plattform hinübersehen. Außerdem hatte man einen guten Blick zum Himmel, wodurch der Vollmond seine Quälerei unerbittlich fortsetzen konnte.

Ben legte eine Hand über die Augen. Er fühlte sich irgendwie ganz schön elend. Und alles wegen des blöden Zigarillos, von dem er nicht einmal die Hälfte gepafft hatte.

Er hatte die Flasche unter den Hahn gestellt, das war sein Glück, sonst wäre das Glas in der nächsten Sekunde in Scherben am Boden gelegen. „Das muss ein Witz sein. Verdamm' mich!", schimpfte er.

Denn auf dem besagten Plateau des Turmes stand jetzt eine Gestalt in einem langen Nachthemd, den Kopf erhoben und die Arme nach vorne ausgerichtet, als wolle sie Blinde Kuh spielen.

Des Rätsels Lösung

„Darren." Ben stand über den Freund gebeugt, doch der scheuchte ihn mit einer Handbewegung fort, als wäre er eine lästige Mücke, die surrende Geräusche machte.

„Vergiss es!", schnappte Ben und schlüpfte eilig in seine Jeans. Dabei versuchte er, den Turm und die Gestalt möglichst nicht aus den Augen zu lassen. „Warum bleibt das an mir hängen?", bemitleidete er sich selbst. Klar konnte er so tun, als hätte er geschlafen und somit nichts bemerkt. Doch wie sähe sein Gewissen aus, wenn der- oder diejenige – und Ben glaubte zu wissen, wer dort oben leicht bekleidet und bestimmt auch noch barfuß herumlief – einen falschen Schritt machte und über die Brüstung fiel? Nicht auszudenken!

Er musste Goldwin wecken. Allein kam er im Leben nicht dort rauf, er wusste ja nicht mal, wo sich der Aufgang zum Turm befand.

Goldwin machte dann auch prompt die gleiche Handbewegung, mit der schon Darren Erfolg gehabt hatte.

„Vergiss es", sagte Ben. „Es brennt!", schrie er nahe an Goldwins Ohr. Das wirkte. Der Freund riss Mund und Augen auf und war mit einem Satz aus dem Bett. „Die Feuerwehr", brabbelte er, noch einigermaßen benebelt vom Schlaf.

„*Wir* sind die Feuerwehr. Zieh dir was an. Wir müssen in den Ostflügel und auf den Turm. Den solltet ihr echt abschließen!"

Er warf Goldwin Hose, T-Shirt und Schuhe zu und berichtete ihm knapp, was er eben gesehen hatte. Anschließend ging er hinüber zum Fenster und riss die Vorhänge auf. „Es ist Vollmond", schloss er. „Da!"

„Wo brennt's denn jetzt und wo ist Darren?" Goldwin sah sich suchend um, als hätte der Freund seit Neuestem Handtaschenformat.

„Der befindet sich grade in der Tiefschlafphase, keine Chance

... Jetzt mach schon! Ich musste dich doch irgendwie wach kriegen. Und *es brennt* wirkt immer, hat mir mal jemand erklärt." Ben warf einen weiteren Blick zum Turm hinüber. „Beeilen wir uns, sie sitzt auf einer der Zinnen."

„Das war neulich kein Witz. Ich leide wirklich an Akrophobie. Und Darren hat recht, sie macht bloß Ärger!" Goldwin stopfte umständlich sein T-Shirt in den Bund seiner Hose.

„Ist mir völlig wurscht, woran du leidest. Du musst mitkommen, lass mich jetzt bloß nicht hängen!" Ben hatte keine Geduld für so was.

Goldwin schlug sich einige Male auf die Brust. „Ich mache mir Mut", behauptete er.

„Das mit dem Mut übernehme ich. Du bringst uns einfach dort rauf", sagte Ben, der Goldwins Arm packte und ihn mit sich zog, bevor ihm noch mehr Seltsames einfallen wollte.

„Taschenlampe", sagte Goldwin und griff nach dem riesigen Exemplar, das auf seiner Kommode lag.

Nachdem sie durch einige Gänge gelaufen und ein paar Treppen herunter- und wieder hinaufgerannt waren, tauchte vor ihnen eine massive Tür aus dunklem Holz auf, die jetzt allerdings sperrangelweit offen stand. Eine ziemlich breite, steinerne Wendeltreppe führte in den Turm hinauf.

Goldwin schaltete die Taschenlampe ein und Ben stürmte vorwärts. Nach einigen Dutzend Stufen stoppte er, wandte sich nach Goldwin um und fragte: „Wie geht man denn mit jemandem um, der Schlafwandelt?"

Goldwin war etwas außer Puste. „Leise sprechen und keine ruckartigen Bewegungen", keuchte er. Mit dem Gerenne blieb ihm nicht einmal Zeit, um groß an seine Höhenangst zu denken.

„Aha", meinte Ben und lief weiter. Sie erreichten den oberen Absatz, auch hier stand die Tür offen. Goldwin leuchtete vorsichtig ins Freie. Lady Jane Stancliff saß seelenruhig auf dem kalten Stein, die Hände baumelten zu beiden Seiten herunter, als gehörten sie einer Stoffpuppe. Ihre geöffneten Augen schienen ihr Umfeld nicht zu realisieren.

Ben schlich vorsichtig näher, seine gebückte Haltung war die eines Spions in geheimer Mission. „Zeit, wieder ins Bett zu gehen", murmelte Ben. „Wir legen eine Decke über den Mond, dann verschwindet er und Sie brauchen ihn nicht mehr anzuschauen." Er hatte den Zinnenkreis beinahe erreicht.

Goldwin leuchtete. Der Kegel der Lampe tanzte auf dem Boden.

„Geben Sie mir Ihre Hand. Wir bringen Sie an einen Ort, an dem es warm ist und gemütlich und ..." Ben starrte auf ihre nackten, kleinen Füße. „Bitte, kommen Sie", versuchte er die alte Dame zu locken, obgleich er nicht einmal sicher war, dass sie ihn überhaupt hören konnte.

„Wie lange dauert es denn noch?" Goldwin hatte sich nicht vom Fleck bewegt.

„So lange es dauert", gab Ben zurück. „Halt durch. Ich kann sie doch nicht allein die Stufen runterbringen. Du musst mir mit ihr schon helfen."

Er redete weiter auf die alte Dame ein. Ihr war doch inzwischen bestimmt eiskalt. Hatte sie sich eben bewegt?

Der Oberkörper kippte nach hinten, es sah aus, als würde es in Zeitlupe passieren. Ben machte einen Satz vorwärts und riss an ihrem Arm. „Wachen sie endlich auf!", schrie er. *Leise und keine ruckartigen Bewegungen* – das war gestern.

Queen Mum landete in Bens Umarmung.

„Was ... Ach, du lieber Gott! Was macht ihr denn hier oben?" Lady Jane Stancliff schreckte aus ihrem Mondschein-Hypnosezustand, rieb an ihrem Arm und blickte sich neugierig um. Dann schob sie Ben irritiert von sich und marschierte flotten Schrittes auf Goldwin zu. Der lachte, als hinge sein Leben davon ab.

„Unser lieber Goldwin hat doch Höhenangst." Sie tätschelte seine Wange. „Mein Junge, das hatten wir ja schon mal." Sie konzentrierte sich jetzt auf Ben. „Im letzten Sommer, da wollte er auch hoch hinaus. Klug ist das nicht mitten in der Nacht! Und wir haben auch keinen Sommer mehr."

Offenbar war sie der Meinung, Goldwin wäre augenblicklich derjenige, der sich in Schwierigkeiten gebracht hatte. Und das nicht zum ersten Mal. Goldwin grunzte empört. Er bewegte kaum die Lippen, als er in Bens Richtung raunte: „Was macht *sie* dann hier oben, hm? Ein bisschen Workout im Mondschein?"

Wenn er jedoch eine Antwort auf diese Frage erwartet hatte, dann wurde seine Erwartung nicht erfüllt. Es kam sogar noch schlimmer. Lady Jane übernahm in ihrem Nachthemd und barfuß das Kommando: „Zurück. Marsch, marsch!" Die alte Dame dirigierte Ben auf die rechte Seite. Goldwin nahmen sie in die Mitte, denn der arme Junge litt schließlich an einer *ausgeprägten Höhenangst*. Untergehakt stiegen sie die Stufen zusammen in neuer Dreierformation wieder hinab. Goldwin leuchtete mit seiner Taschenlampe die Wendeltreppe aus. Lady Jane Stancliff fragte sich offensichtlich nicht einmal, wie sie es selbst im Dunkeln den Turm herauf geschafft hatte. „Wo ist denn euer kleiner, blonder Freund?", wollte sie wissen. Das *klein* hätte Darren gar nicht gefallen.

„Er hat sich nicht wohlgefühlt", erklärte ihr Ben wahrheitsgemäß. Und Goldwin maulte: „Ich fühle mich auch nicht wohl."

Sein Eingeständnis brachte ihm erneutes Getätschel ein.

„Wenn so etwas öfter passiert, solltest du mal zum Arzt damit."

Womit genau er zum Arzt sollte, ließ Lady Jane allerdings offen.

Unten angekommen, ermahnte sie Goldwin, in Zukunft vorsichtiger zu sein. Mit Goldwins Zurückhaltung, die ihn ansonsten auszeichnete, war es vorbei, er stand kurz vor einer Explosion. Einzig seine höfliche Art hielt ihn von einer bitterbösen Erwiderung ab. Er versetzte der Tür einen Stoß und drehte danach den großen Schlüssel einige Male in seinem Schloss. Schlafwandler konnten doch in ihrem Zustand wohl kaum in Fortsetzungen denken, oder?

Goldwin knurrte leise, beinahe unhörbar: „Die tickt doch nicht richtig."

„Eine erholsame Nacht für Sie", wünschte Ben der Lady und schob gleichzeitig Goldwin vorwärts, wobei er schmerzhaft dessen Oberarm drückte, damit dieser den Mund hielt.

Zurück in seinem Zimmer warf sich Goldwin aufs Bett und bearbeitete trommelnd mit den Fäusten sein Kissen.

„Die nächsten Ferien", begann er, nachdem er sich abreagiert hatte, „könnten wir die bitte woanders verbringen?"

„Diese Tante treibt einen zur Verzweiflung", stimmte ihm Ben zu. „Hey, wir sagen Darren nichts davon, dass Lady Jane ihn *klein* genannt hat, okay? Würde ihn bloß deprimieren!"

Ben freute sich auf sein Himmelbett und spurtete den Gang entlang.

Die Tür zum Turm war zu und er würde in Kürze das Gleiche mit den Vorhängen machen. Die Wasserflasche stand wahrscheinlich noch immer nur zur Hälfte aufgefüllt im Badezimmer. Ben hatte völlig vergessen, dass er eigentlich Durst gehabt hatte.

Darren schnarchte leise, aber konstant, als Ben das Zimmer betrat. Er zog sich aus, ging ins Bad, um die Wasserflasche zu holen, und trank einen großen Schluck. Dann schloss er die Vorhänge, ohne noch einmal einen Blick auf den Turm im Mondlicht zu werfen. Hätte er es getan, er hätte dieses Mal einen Mann dort oben stehen sehen. Einen Mann, der Pluderhosen und einen Schwertgürtel trug.

***

Darren war am nächsten Morgen natürlich als erster wach, was nicht weiter verwunderte, hatte er doch trotz seiner anfänglichen Übelkeit anschließend tief und fest geschlafen. Die Vorhänge waren bereits zurückgezogen und helles Licht fiel ins Zimmer.

Ben drehte sich auf die andere Seite, er hatte überhaupt keine Lust jetzt schon aufzustehen. Wie spät war es überhaupt?

„Ben", begann Darren zögerlich, doch die Stimme hatte einen komischen Unterton, der Ben gar nicht gefiel. Es klang irgendwie alarmiert. „Nein, echt nicht", sagte er. „Die Nacht war total bescheuert, ich stand knapp vor einem Herzstillstand."

„Ja, dann wäre das jetzt der zweite", gab Darren im gleichen, komisch-alarmierenden Tonfall von eben zurück. „Die ist ziemlich fett. Und behaart ist sie auch. Und hässlich. Könnte jeden Moment runterfallen. Was hat das verdammte Vieh denn an unserem schönen Himmel verloren?"

„Was?!" Ben wollte es gar nicht sehen. Er war so schnell aus dem Bett gesprungen, dass ihm von der abrupten Bewegung schwindlig wurde. Fett, behaart und hässlich – das konnte nichts anderes sein als eine Spinne. „Wie wäre es, wenn du sie retten würdest? Wenn ich sie nämlich erwische, ist sie Mus", behauptete Ben.

„Verstehe, klar. Darren, der Retter der Spinnen. Schau einfach nicht hin und ich versuche sie wegzuschaffen." Darren mochte selbst auch keine Spinnen, zumindest wollte er sie nicht anfassen. Doch er hatte nicht Bens Phobie.

Er nahm einen Stift und holte das Tier vom Himmel, dann fing er es in einem T-Shirt, öffnete das Fenster und schickte den Achtbeiner auf die Reise.

Er gab Ben grünes Licht. „So, jetzt kannst du deine Brille aufsetzen. Sie ist weg. Guten Morgen übrigens", sagte er.

„Ist es nicht", schmollte Ben und setzte sich zurück aufs Bett, jedoch nicht, ohne zuvor einen Blick auf den Himmel zu werfen. Und während er die geschnitzte Decke des Bettes musterte, kam ihm ein sensationeller Gedanke. „Darren ... Kannst du wiederholen, was du grade gesagt hast?"

„Dass die Spinne fett, behaart und ..."

Ben unterbrach ihn: „Schon, aber was war das am Schluss?"

„Ich mag die Dinger auch nicht. Ich hab' gefragt, was das Vieh an unserem schönen Himmel zu suchen hat."

Ben überlegte kurz, dann jubelte er begeistert: „Ha! Das könnte es sein. *Dann* wird es ein verdammt guter Morgen. Wir müssen unbedingt Goldwin dazuholen."

„Und wie war deine *bescheuerte Nacht* gemeint?", wollte Darren wissen.

„Erzähle ich dir gleich", meinte Ben.

Im Anschluss an eine schnelle Wäsche im Bad und nachdem Darren sich seine tägliche Dosis Insulin gesetzt hatte, joggten die beiden den Gang entlang zu Goldwins Zimmer. Ben begann seinen Bericht mit dem Füllen der Wasserflasche, dem Vollmond, seinem zufälligen Blick aus dem Fenster und was er dort zu seinem Entsetzen zu sehen bekam. Er erzählte, wie er Goldwin geweckt hatte, sie beide mit einer Taschenlampe auf den Turm gelaufen waren und Goldwin trotz seiner Höhenangst großen Mut bewies. „Da sitzt sie. Seelenruhig. Und dann ... kippt sie nach hinten. Scheiße, ich dachte, mein Herz setzt aus." Ben beschrieb in Bildern die nachfolgende Situation. Wie Lady Jane in seinen Armen wieder aufgewacht war, wie sie Goldwin für denjenigen hielt, der den Ärger verursacht hatte, und ihm dringend riet, zu einem Arzt zu gehen. „Das stell dir mal vor! In den kommenden Ferien will er weg."

„Du hättest mich wecken müssen!", beschwerte sich Darren, der zu gerne dabei gewesen wäre.

Doch jetzt weckten sie erst einmal Goldwin, der ihnen beim Betreten des Zimmers seine komplette Rückenansicht bot.

Ben schob sich nahe heran und imitierte über seinem Ohr eine Sirene.

„Geh weg!", bellte der Geweckte, doch die beiden frühen Besucher machten es sich auf seinem Bett gemütlich. „Könnte sein, dass wir kurz davor stehen, das Rätsel um den gelben Diamanten zu lösen", verkündete Ben.

„Was?!", kam es unisono von Goldwin und Darren.

„Also, wir hatten eine fette Spinne und Darren hat mich auf eine Idee gebracht. Ziehst du dir jetzt was an oder sollen wir ohne dich suchen?", fragte Ben Goldwin.

Der schoss aus dem Bett und ins Bad. „Gebt mir fünf Minuten", bat er. Er brauchte keine fünf.

∗∗∗

Sie standen vor dem Himmelbett von König Charles I.

Ben wiederholte noch einmal die Worte, die sie mittlerweile schon auswendig kannten: „*Die Rose, schlafend in ihrem Kleid, schaut den Himmel nicht.* Wenn nun der echte gar nicht gemeint ist, sondern *dieser* Himmel. Leute, wir müssen genau hinschauen. Vielleicht gibt es hier eine Rose."

„Eine Schnitzarbeit?" Darren kniete sich auf die ungemachte Fläche, während Goldwin und Ben das Bett von außen in Augenschein nahmen. „Es muss eine Stelle sein, wo Rose und Himmel nicht in einer Linie liegen, denn ansonsten könnte sie ihn ja sehen", meinte Ben.

„Dann muss diese Rose außen sein." Goldwin beugte sich über das Rückenteil, in dessen Säulen knapp über dem Boden Köpfe und allerhand aufwändige Verzierungen eingearbeitet worden waren. Seine Finger zeichneten die alten Muster nach, doch nichts davon erinnerte an eine Rose.

„Logisch wäre es", sagte Goldwin. „Der Viscount versteckt den Diamanten im Bett seines königlichen Freundes. Wen interessieren während eines Bürgerkriegs denn schon Möbel? Also ein sicheres Versteck – eigentlich."

Ben war ein Stück weit unter das Himmelbett gekrochen. Bilder von behaarten, achtbeinigen Viechern und eine erneute Spinnenattacke versuchte er zu ignorieren. Außerdem war ihm ein solcher Gedanke eben erst gekommen – zu spät, um jetzt noch einen Rückzieher zu machen.

„Nur gut, dass du so dünn bist, sonst bekämen wir dich da nicht mehr raus", scherzte Darren.

„Viel zu dunkel", meinte Ben. „Goldwin, könnte ich vielleicht deine Taschenlampe ... Ich dachte, einen Versuch ist es wert."

102

„Ich hole sie", antwortete Goldwin.

Er hatte sie Ben eigentlich unters Bett schieben wollen, doch dann erinnerte er sich an die Spinne im Pavillon und die Reaktion des Freundes. Im Schloss wurde zwar regelmäßig geputzt, doch Spinnen waren emsige Tierchen. „Ich hab' extra alte Klamotten angezogen, wäre besser, ich mach' das", behauptete er. Immerhin hatte Ben gestern Nacht Lady Jane gerettet und ihn vor einem bösen Ausrutscher bewahrt. Und wie sagte er so schön: Quid pro quo.

Das Licht brachte allerdings keine neuen Erkenntnisse. Aber Goldwin war froh, Ben da rausgescheucht zu haben, denn gleich in Reichweite wickelte sich ein massives Netz samt ihrer dicken Bewohnerin um seine Taschenlampe. „Weniger als nichts", rief er und entfernte das Spinnennetz, so gut es ging.

Darren hatte auf seiner Seite schon alles untersucht. Nun ließ er sich zurück in die Kissen fallen. „Wäre echt toll gewesen", murmelte er. „Goldwin, Ben und Darren – wir kommen jedem Geheimnis auf die Spur."

Darren warf einen letzten Blick in Richtung des Himmels aus dunklem Eichenholz. In der Deckenmitte prangte etwas.

Eine Rose war es nicht, zumindest keine Art, die er kannte. Was natürlich gar nichts heißen wollte. Seine Mutter hatte nicht einmal einen Garten, dazu war einfach zu wenig Zeit. Darren wusste, er war beinahe klein genug, um aufrecht in diesem Bett stehen zu können. Gedacht, getan. Er kippte den Kopf in den Nacken, griff nach oben und tastete die Mitte der Schnitzerei ab, die *vielleicht* eine Rose darstellte. Genau betrachtet sah sie den Rosen, die Darren auf den Wappen im Buch gesehen hatte, schon sehr ähnlich. Und weil sie nach unten auf die Liegefläche schaute, würde sie klarerweise den Himmel nicht sehen können.

Es fühlte sich nach Holz an. Zunächst. Denn die Vertiefung war kühler als der Rest und erinnerte eher an Glas. Und das war der Moment, den Darren für einen solchen Fall vorausgesehen hatte. „Ich habe daran gedacht. Ich hab' gleich gesagt, dass ich *daran* zuerst denken muss", murmelte er. „Ich wollte ja eigentlich nichts anfassen, was jemand anderer mal geschluckt hat. Aber wisst ihr was?" Darren Lorimer stimmte ein Triumphgeheul an: „Ich mache eine Ausnahme!"

Seine Finger umschlossen den gelben Laval-Diamanten.

Farewell Sir Frederick, Duke of Esher

Die drei Freunde warteten das Abendessen ab. Sie hatten vereinbart, die Entdeckung des Laval-Diamanten großartig zu verkünden. Allein schon, weil die Lösung des Rätsels nach all den Jahrhunderten eine echte Sensation darstellte – wo doch niemand gewusst hatte, dass es überhaupt ein Rätsel zu lösen und einen Geist zu *erlösen* galt.

Goldwin erhob sich feierlich, schlug mit dem Messerrücken gegen sein Glas und bat um Ruhe. „Meine Freunde und ich, wir würden euch gerne eine Geschichte erzählen", begann er. Alle Augen waren auf ihn gerichtet und gespannte Stille trat ein. „Es ist die Geschichte eines wertvollen, gelben Diamanten, der lange als verschollen galt. Genau genommen: bis heute morgen." Es war ein tolles Gefühl zu sehen, wie zuerst überall nach Luft geschnappt wurde. Dann verstand auch der Letzte, was genau Goldwin damit sagen wollte, nämlich, dass die Jungen im Besitz des Diamanten waren. Die drei strahlten um die Wette. Die drei hatten die Familie und Freunde um Mitternacht in die Bibliothek gebeten.

„Ein bisschen spät", merkte Lady Jane an und fügte zu Goldwin gewandt hinzu: „Aber bevor wir dich wieder vom Turm holen müssen ..."

Ben boxte ihn grinsend in die Seite. Darren sagte kein Wort, deutete aber mit einem Finger auf Goldwin und schüttelte fragend den Kopf. Goldwin schüttelte seinen gleichfalls.

„Kommt, lasst ihn uns noch mal anschauen", sagte Ben.

Goldwin hatte den Diamanten in eines seiner Stofftaschentücher eingeschlagen, weil er kein passendes Behältnis fand. „Dafür, dass er magensäurebehandelt und uralt ist – nicht übel, oder?"

„Was passiert jetzt damit?", wollte Darren wissen, der als der eigentliche Entdecker des Steins natürlich superstolz war.

„Ich finde, man sollte ihn ausstellen", gab Goldwin zurück. „Das geheime Vermächtnis Charles I. oder so ähnlich."

***

Die Freunde trafen sich in Goldwins Zimmer, um vor dem großen Auftritt nicht allzu viel zu verraten. Mitternacht wurde mit Spannung erwartet. „Ob er kommt?", meinte Darren und dachte spontan an das Kreuz, das er bei der letzten Begegnung mit dem Geist bei sich trug.

„Für ihn ist es doch eigentlich zu Ende", bemerkte Ben. „Er braucht nicht länger nach dem Stein zu suchen."

„Ich würde mich gern verabschieden", sagte Goldwin. „Mein Dad sicher auch. Ihm wird der Duke fehlen."

„Klar, bei Sir Fredericks Ordnungsliebe. Da fehlt er deiner Mum ganz besonders", scherzte Ben.

Die Standuhr im Gang verkündete Mitternacht.

Goldwin hatte den Diamanten mitsamt dem Taschentuch in die Tasche seiner Jeans geschoben. „Kein Ort für einen Schatz", wie Ben kichernd verkündete.

Magnus Nellson hatte dafür gesorgt, dass in der Bibliothek kein elektrisches Licht brannte, stattdessen waren überall Kerzen angezündet worden. Aus den Gesichtern sprach Neugier. Bestimmt hatte man die Zeit genutzt und sich zuvor ausgiebig unterhalten.

Die Jungen sahen sich im Raum um, doch Sir Fredericks Anwesenheit wäre auch zu schön gewesen. Aber waren Geister in der Regel nicht unsichtbar?

Ben und Darren überließen Goldwin das Intro. „Hoffen wir, dass der Diamant echt ist!", sagte er, dabei hatte keiner von ihnen daran gezweifelt. Dann erzählte er die ganze Geschichte. Sogar Bens mutige Bitte an Sir Frederick, dessen Erscheinen und die Rückkehr des Briefes, den sie verloren geglaubt hatten. Goldwin kramte in seiner Hose nach dem Taschentuch. Die Freunde legten ihre Hände übereinander und Goldwin zog den Stoff weg.

„Einer für alle, alle für einen", rief er. Ben und Darren wussten natürlich, was damit gemeint war – der Sinnspruch, den Darren den Musketieren zuschrieb, hatte nie besser gepasst als in diesem Augenblick.

Ein Zigarillo lehnten die Freunde dieses Mal ab und Champagner war nicht ihr Ding. Man konnte auch mit einer Cola feiern.

Als die Freunde sich auf dem Himmelbett Charles I. zusammensetzten, begann es bereits zu dämmern. Die Vorhänge standen offen und Ben deutete zum Turm hinüber. „Zum Glück ist die Tür zu", meinte er lachend in Erinnerung an die letzte Nacht und Lady Janes Ausflug.

Goldwin schnappte plötzlich nach Luft. „Da!", rief er und gestikulierte aufgeregt.

„Ach nein, nicht schon wieder", beschwerte sich Ben und verzog das Gesicht. „Schaut mal genau hin, man sieht den Mond doch kaum noch."

„Kein Mond, keine Lady Jane", entgegnete Goldwin. „Dafür Sir Frederick."

In der einen Minute war der Duke of Esher noch in seiner vollen Größe zu sehen. Der Geist trug wie beim letzten Mal seine Pluderhosen, das Wams und den Schwertgürtel. Er deutete eine Verbeugung in ihre Richtung an und seine Hand hob sich zu einem abschließenden Gruß, als wüsste er genau, wer ihn gerade beobachtete.

Bereits im nächsten Moment löste sich die Gestalt vor ihren Augen auf.

„Habt ihr das auch mitbekommen?", wollte Ben wissen. Weder Goldwin noch Darren brauchten zu fragen, was genau er meinte. Sie hatten es alle gehört. Nicht akustisch, da war rein gar nichts zu hören gewesen, doch in ihren Köpfen sprach eine Stimme von Erlösung ...

***

Nur einen Tag später wusste ganz England und womöglich auch noch der Rest der Welt, womit Goldwin, Ben und Darren ihre Ferien verbracht hatten.

Vanessa Nellson lächelte übers ganze Gesicht, unterm Arm die auflagenstärkste englische Tageszeitung. „Das Telefon klingelt ohne Pause. Jungs, ich überlege ernsthaft, böse mit euch zu sein." Doch ihr entspannter Ausdruck besagte das Gegenteil. „Alle wollen den Diamanten sehen. Und für euch wird es in nächster Zeit Interviewtermine hageln."

Die sagenhafte Rückkehr des Laval-Diamanten, titelte der Daily Telegraph und servierte seinen Lesern die komplette Geschichte, in der auch ein Gespenst und ein uraltes Rätsel eine Rolle spielten.

Goldwin übernahm das Vorlesen. Die Redaktion musste einen Tipp bekommen haben; dazu einen echt heißen, denn in dem Artikel stand einfach *alles*.

„Das muss jemand aus dem Schloss gewesen sein", sagte Ben. „Will jemand wetten?"

Aber Goldwin unterbrach ihn. „Vergiss es! Hey, stört es dich gar nicht? Ben, the Pen – und keine Exklusivmeldung für die Schülerzeitung?"

„Aber eines fehlt. Und das gehört mir. Darüber wusste ja außer uns dreien niemand etwas."

Und Ben deutete zum Turm hinüber. „Apropos ‚exklusiv'. Oh weh, meine Mum wird stinksauer sein", befürchtete Darren. „Eine Hammermeldung, ihr Sohn mit seinen Freunden mittendrin und kein Mensch sagt ihr was."

„Die werden in der Schule ganz schön glotzen", behauptete Ben. „Wir werden berühmt!"

Darren fand es gar nicht so übel, ein bisschen berühmt zu sein. Okay, er wurde dadurch natürlich nicht wirklich größer.

„Sind wir doch schon." Goldwin deutete grinsend auf die Zeitung und ihre Namen, schwarz auf weiß.

Aber Ben spann den Gedanken weiter. „Es warten noch einige Ferien auf uns. Und Gebäude, in denen es spukt, oder Plätze und Menschen, auf denen ein Fluch liegt, gibt's auch genug. Darren hat gesagt, *wir kommen jedem Geheimnis auf die Spur*. Was haltet ihr von einer Mystery-Detektei? Lorimer, Bergmann und Nellson – wir mögen Rätsel ...“

Ina May wurde in Kempten im Allgäu geboren und verbrachte einen Teil ihrer Jugend in San Antonio/Texas.

Nach ihrer Rückkehr in die bayerische Heimat absolvierte sie ein Europasprachenstudium und arbeitete als Fremdsprachen- und Handelskorrespondentin für amerikanische Konzerne.

Heute lebt May als freie Autorin mit ihrer Familie im Chiemgau. Sie schreibt Kriminalromane, historische Krimis, Kinderbücher, zweisprachige Jugendbücher, Kurzgeschichten, und Artikel für Journale.

Mitglied im Syndikat
Mitglied der Mörderischen Schwestern
Mitglied der Chiemgau Autoren
Website: www.inamay.de

WEITERE KINDER- UND JUGENDBÜCHER ERSCHIENEN IN DER BRIGHTON® VERLAG GMBH (LEDIGLICH EINE AUSWAHL – DAS KOMPLETTE PROGRAMM SIEHE WWW.BRIGHTONVERLAG.COM)

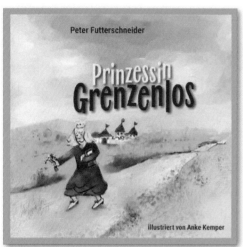

Peter Futterschneider
Prinzessin Grenzenlos
ISBN 978-3-95876-414-9
60 S. · 14,90 €

Prinzessin Klara ist über die Grenzen des Reiches bekannt für ihr großes Herz und ihre Offenheit gegenüber Fremden. Daher wird sie auch „Prinzessin Grenzenlos" genannt. Jeden Besucher des Königreiches begrüßt sie mit Freude, so auch den Zauberer Arrogantus. Als dieser Gast jedoch länger im Königreich verweilt, verschwinden Idylle und gute Stimmung schlagartig ...

Ria Jost
Die seltsame Burg Gräfenstein
ISBN 978-3-95876-402-6 · 14,90 €

Robert freut sich auf seine Ferien. Mit der ganzen Familie geht es auf eine Burg. Doch was er da erlebt, das kann er bis heute nicht glauben. Er begegnet Geistern und hört grausige Geschichten. Ein Fluch, ein Friedhof und ein böser Ritter. Doch lest selbst, wie Robert das seltsame Geheimnis löst ...

Sonju DiCarmen
Drachenherzen
ISBN 978-3-942200-11-0
48 S. · 19,90 €
Sonju DiCarmen · Dragonhearts
Englische Ausgabe ISBN 978-3-
942200-17-2
48 S. · 19,90 €
Eine liebevoll illustrierte Geschichte über die Verbindung zwischen dem polternden, aber sanftmütigen Drachen Bruno und dessen kleinen und doch zielstrebigen Weg- und Seelengefährten Leander.

Jasmin N. Weidner
Mäusefürst Band IV
Gummulus und seine Abenteuer im
Dschungel
ISBN 978-3-95876-068-4
72 S. · 19,90 €
Die Mäuse schwingen sich aufgeregt von Baum zu Baum. Sie erwarten Besuch, ihr Cousin Gummulus Magnus Imperatorus ist auf dem Weg zu ihnen. Doch bevor sie ihn willkommen heißen können, müssen sie noch dringend etwas erledigen. Du möchtest dabei sein? Nichts einfacher als das: Klappe dieses Buch auf und sei die Reisebegleitung des Gummulus'.

Der Familienbetrieb

… hat es sich zur Aufgabe gemacht, Bücher und Filme zu veröffentlichen,
die eventuell von großen Verlagen oder dem Mainstream nicht erkannt werden.
Besonders wichtig ist uns bei der Auswahl
unserer Autoren und deren Werke:
Wir bieten Ihnen keine Bücher oder Filme an,
die zu Tausenden an jeder Ecke zu finden sind,
sondern ausgewählte Kunst, deren Wert in ihrer Einzigartigkeit liegt
und die damit – in unseren Augen – für sich selbst sprechen.
Wir sind davon überzeugt, dass Bücher und Filme bereichernd sind,
wenn sie Ihnen Vergnügen bereiten.
Es ist allerdings unbezahlbar, wenn sie Ihnen helfen,
die Welt anders zu sehen als zuvor.

Die Brighton Verlag® GmbH sucht und bietet das Besondere –
lesen Sie selbst und Sie werden sehen …
Ihr Brighton® Team

Sonja Heckmann
Geschäftsführende Gesellschafterin
she@online.de

Jasmin N. Weidner
Assistenz Geschäftsführung
jasmin.weidner@brightonverlag.com

Ester Meinert
Leitung Vertrieb
ester.meinert@brightonverlag.com

Anne Merker
Sekretariat Brighton® Group
anne.merker@brightonverlag.com

Ernst Trümpelmann
Satz, Buch- & Covergestaltung
ernst.truempelmann@t-online.de

info@brightonverlag.com
www.brightonverlag.com